文春文庫

養生所見廻り同心 神代新吾事件覚

心残り

藤井邦夫

文藝春秋

目次

第一話　心残り　13
第二話　赤い桜　97
第三話　曲り角　173
第四話　残り火　245

小石川養生所は、享保七年に町医者小川笙船《しょうせん》の建議を八代将軍徳川吉宗が採用し、小石川薬園に作った低所得の病人などを収容する施療院である。養生所には本道、外科、眼科があり、通いの患者はいうに及ばず、入室患者も大勢いた。町奉行所からは、養生所見廻り与力と同心が詰めて管理していた。

「神代新吾事件覚」江戸略地図

実際の縮尺とは異なります

養生所見廻り同心　神代新吾事件覚・登場人物

神代新吾（かみしろしんご）

北町奉行所養生所見廻り同心。まだ若い新吾は、事件のたびに悩み、傷つき、周りの助けを借りながら、成長していく。病人部屋の見廻り、鍵の管理、薬煎への立会い、賄所の管理、物品購入の吟味など、様々な仕事をこなす。事件を扱う、定町廻り・臨時廻り・隠密廻りの〝三廻り同心〟になるのを望み、北町奉行所臨時廻り同心白縫半兵衛を深く信頼している。南蛮一品流捕縛術を修行する。

白縫半兵衛（しらぬいはんべえ）

北町奉行所の老練な臨時廻り同心。新吾の隣の組屋敷に住んでおり、〝知らぬ顔の半兵衛さん〟と渾名される。未熟な新吾のよき相談役でもある。風貌は何処にでもいる平凡な中年男だが、田宮流抜刀術の達人でもある。

浅吉（あさきち）
〝手妻〟の異名を持つ博奕打ち。元々は見世物一座で軽業と手妻を仕込まれた。旗本屋敷の中間たちのいかさま博奕をあばき、いたぶられていたところを、新吾に助けられ、その後、新吾のために働くようになる。いつも右手の袖口に剃刀を隠しているなど、謎多き人物。新吾は浅吉の過去や素姓を知らない。

小川良哲（おがわりょうてつ）
小石川養生所本道医。養生所設立を公儀に建白した小川笙船の孫であり、新吾とは幼馴染みの友人。

大木俊道（おおきしゅんどう）
小石川養生所の外科医。長崎で修行した蘭方医。

お鈴（おすず）
小石川養生所の介抱人。浪人の娘で産婆見習い。

宇平、五郎八（うへい、ごろはち）
小石川養生所の下働き。

天野庄五郎（あまのしょうごろう）
新吾の上役である、北町奉行所養生所見廻り与力。

半次、鶴次郎（はんじ、つるじろう）
本湊の半次、役者崩れの鶴次郎。半兵衛と共に行動する岡っ引。

弥平次（やへいじ）
柳橋の弥平次。〝剃刀〟と称される南町奉行所吟味方与力の秋山久蔵《あきやまきゅうぞう》から手札を貰う岡っ引。

幸吉、雲海坊、由松、勇次（こうきち、うんかいぼう、よしまつ、ゆうじ）
弥平次の下っ引の幸吉と、その手先たち。托鉢坊主の雲海坊、しゃぼん玉売りの由松、船頭の勇次。

伝六（でんろく）

新吾、浅吉の行きつけの店、湯島天神男坂下の飲み屋『布袋屋』の亭主。

養生所見廻り同心
神代新吾事件覚

心残り

この作品は「文春文庫」のために書き下ろされたものです。

第一話

心残り

一

秋風が吹いていた。

北町奉行所養生所見廻り同心・神代新吾《かみしろしんご》は、養生所の賄所の管理や物品購入、病人部屋の見廻り、薬煎の立会いなどに忙しかった。

「新吾さん……」

女介抱人で産婆見習いのお鈴《すず》が、新吾のいる役人部屋にやって来た。

「なんだい」

「良哲《りょうてつ》先生が、今年の冬は寒くなりそうだから薪と炭、いつもより多めに手配してくれと仰っていますよ」

小川良哲は、養生所肝煎りの本道医だった。

「分かったよ、お鈴さん。良哲も忙しいな。患者の他に肝煎りとして養生所の面倒も見なきゃあならん」

そして、良哲は養生所設立に尽力した小川笙船《しょうせん》の孫であり、新吾と幼馴染みだった。

「ええ……」

お鈴は苦笑した。

養生所は冬支度の季節を迎えていた。

相州《そうしゅう》浪人・本間《ほんま》精之助《せいのすけ》の薄い胸からは、微かに雑音が聞こえていた。

良哲は、聴診器を外して吐息を洩らした。

「近頃、血を吐いた事は……」

「ありません」

本間は、無精髭を伸ばした血色の悪い顔を微かにほころばせた。

「じゃあ、熱は……」

「お蔭さまで治まっています」

本間の労咳は、どうにか小康状態を保っている、良哲はそう判断した。

「そうですか。で、養生所の入室患者になって養生する決心はつきましたか」

本間は、二ヶ月前に血を吐いて養生所を訪れた。良哲は、かなり重い労咳と診立て、養生所に入室する事を勧めた。しかし、本間は仕事を理由に先延ばしにした。

〝入室〟とは、養生所の病人部屋に入って治療や養生する事をいった。

「先生、今、取り掛かっている仕事がありましてね。そいつの片が付いてからと思っています」

「その仕事って何ですか。それで、いつ片が付くんですか」

良哲は眉をひそめた。

「今月中には何とか……」

本間は言葉を濁し、肋骨の浮かぶ胸を粗末な着物で覆って身繕いをした。

「分かりました。煎じ薬を出します。玄関脇で待っていて下さい」

「心得ました。いろいろとかたじけない」

本間は、良哲に深々と頭を下げて診察室を出て行った。

新吾は、本間が出て行ったのを見定めて診察室に入った。

「今の浪人、労咳なのか……」

「うん、本間精之助さんって名前でな」

「入室はしないのか……」

「うん。仕事の片が付かないと云ってな。今は小康状態だが、いつ倒れてもおかしくない」

良哲は苛立ち、眉をひそめた。

「本間さん、どんな仕事をしているんだ」

「そいつが言葉を濁してな……」

「何故だ……」

新吾は戸惑った。

「さあな。そいつが分かれば苦労はないさ」

良哲は苛立った。

「そうだな……」

新吾は頷いた。


本間精之助は、調合された煎じ薬の入った紙袋を懐に入れ、養生所の門を出た。

門の外には、七歳になる本間の倅《せがれ》の小一郎《こいちろう》が待っていた。

「父上……」

小一郎は、父親の本間を嬉しげに迎えた。

「待たせたな、小一郎。さあ、母上が待っている。帰るぞ」

「はい」

小一郎は元気良く頷いた。

「お気をつけて……」

門番を務めていた下男の宇平《うへい》が笑顔で見送った。

「小一郎がお世話になり申した。御免」

本間は宇平に会釈をし、小一郎と共に白山権現の方に向かった。

「本間さんの倅か……」

新吾が現れ、宇平に尋ねた。

「はい。小一郎さんと申しましてね。元気な賢い子ですよ」

宇平は笑った。

「そうか……」

「お帰りですか……」

「うん。人と逢う約束があってな」

新吾は宇平に別れを告げ、夕暮れの町に出た。行く手の逸見坂《へんみざか》に本間と倅の小一郎の姿が見えた。

新吾は、本間父子の後を逸見坂に進んだ。

本間と倅の小一郎は、楽しげに言葉を交わしながら逸見坂を進んで行く。

本間の倅を見下ろす眼は優しさと慈愛に満ち、小一郎の父親を見上げる眼には尊敬と憧れが籠められていた。

仲の良い父親と息子……。

新吾は思わず微笑んだ。

本間と小一郎は、逸見坂から白山権現の境内を横切った。そして、小石川白山前町にある徳山寺の裏門を潜った。

何処に行く……。

新吾は、二人に続いて裏門を潜った。

徳山寺の裏門を潜った本間と小一郎は、裏庭にある小さな家作に入った。

「母上、只今、戻りました」

本間は浮かべていた笑みを消し、鋭い眼差しで辺りを見廻した。

新吾は、咄嗟《とっさ》に木立の陰に身を潜めた。

本間は、新吾に気付かずに家に入った。

本間家は三人家族であり、徳山寺の家作を借りて暮らしている。

新吾は、本間が家に入る前に辺りを警戒したのが気になった。

それは、片を付けるべき仕事に関わりがあるのか……。

日が暮れ、本間一家の暮らす家作から味噌汁の香りが漂い、親子の笑い声が洩れた。

新吾は、労咳を患っている浪人・本間精之助に興味を抱いた。

湯島天神男坂下の飲み屋『布袋屋』は、常連客の八百屋の隠居と大工の棟梁が楽しげに酒を酌み交わしていた。

「邪魔をするよ」

新吾は店に入って行った。

「いらっしゃい……」

亭主の伝六《でんろく》が板場から顔を出し、板場の横の小部屋を示した。

「うん」

新吾は、顔見知りの隠居と棟梁に目礼をして小部屋に入った。

小部屋では、手妻《てづま》の浅吉《あさきち》が酒を飲んでいた。

「しばらくだったな。変わりはないか」

「ああ……」

浅吉は、新吾の猪口に酒を満たした。

新吾と浅吉は、それぞれの猪口を小さく掲げて酒を飲んだ。

伝六が新しい酒と肴《さかな》を持って来た。

「鯊《はぜ》と里芋だ。美味いぜ」

伝六は、鯊の甘露煮と里芋の煮物を自慢げに差し出した。

「ほう。父っつぁんが作ったのか」

「ああ……」

新吾と浅吉は、鯊の甘露煮と里芋を食べた。

伝六は、新吾の反応を待った。

「美味いな」

「うん」

新吾と浅吉は、思わず顔を見合わせた。

「だろう。こう見えても山谷の八百善で修業した板前だ」

伝六は、己の昔を僅かに見せた。

「そいつが今じゃあ、飲み屋の親父か……」

浅吉は笑った。

「ま、いろいろあってな……」

伝六は、言葉を濁して板場に戻って行った。

人にはそれぞれの過去がある。一流料理屋の『八百善』で板前の修業をしていた伝六が、場末の飲み屋の親父になったのはそれなりのわけがあるのだ。

新吾と浅吉が手酌で酒を飲んだ時、男の断末魔の悲鳴が不気味に響いた。

「浅吉……」

「うん」

新吾と浅吉は小部屋を出た。

伝六が隠居や棟梁と店の戸口から外を窺っていた。

「どっちから聞こえた」

新吾は尋ねた。

「池之端の方だ」

伝六は、恐ろしげに告げた。

新吾と浅吉は、『布袋屋』を出て不忍池《しのばずのいけ》に向かって走った。そして、切通町を駆け抜けて池之端仲町に入った。

月明かりに輝く不忍池が見えた。

不忍池の畔《ほとり》を人影が足早に過《よ》ぎった。

「追ってみる」

浅吉は、足早に行く人影を追った。

新吾は、不忍池の畔を人影が来た方に走った。着流しの浪人が、不忍池の水面《みなも》にその姿を映しながら湾曲した岸辺を去って行くのが見えた。

下手人……。

新吾はそう思った。そして、その浪人に見覚えがあるのに戸惑った。

行く手に幾つもの提灯《ちょうちん》の明かりが動き、人が集まっていた。近くにある料理屋『水月』と近所の者たちだった。

「どうした」

新吾は尋ねた。

「お、お侍さま、そこに佐川宗風《さがわそうふう》さんたちが……」

料理屋『水月』の印半纏を着た男が、声を震わせて暗がりを提灯で照らした。

十徳《じっとく》を着た初老の男と遊び人風の男が、血にまみれて倒れていた。

十徳とは、儒者、医師、絵師、茶の湯の宗匠などが外出に用いる黒色無紋、襞をつけた羽織を云った。

新吾は、二人の様子をみた。

十徳を着た初老の男と遊び人風の男は、首の血脈を斬られて絶命していた。

鮮やかな刀捌きだ……。

新吾は驚いた。

「お侍さま……」

集まった者たちは、恐ろしげに見守っていた。

「うん。誰か自身番に報せてくれ」

「へい」

印半纏を着た若い男が走った。

「斬った者を見たか」

「いいえ……」

集まった者たちは首を横に振った。

「よし。俺は北町の養生所見廻り同心の神代新吾だ。下手人らしい奴を追う」

新吾は、そう云い残して着流しの浪人を追った。

不忍池から根津権現に抜け、裏の千駄木に出て白山に行く……。

新吾は、浪人の行く道筋をそう読み、小走りに追った。

下手人は、二人の男の首の血脈を一太刀で斬り飛ばしていた。

恐ろしいほどの剣の冴えだ……。

新吾は、微かに身震いをしながら追った。

根津権現近くの道に着流しの浪人の姿が見えた。

着流しの浪人は月明かりを浴び、疲れを滲ませた足取りで千駄木に向かっていた。

読みの通りだ……。

新吾は走るのを止め、充分に距離を取って尾行を始めた。

浪人は、微風に揺れるように千駄木団子坂から四軒寺町《しけんてらまち》を進んで行く。その先が白山前町だ。

新吾は、己の睨みの通りになるのに微かに震えた。

浪人は、不意に立ち止まって振り返った。

新吾は、慌てて暗がりに潜んだ。

浪人は月明かりに顔を晒し、新吾の潜む暗がりを透かすように見つめた。

浪人は、新吾の睨み通り本間精之助だった。

尾行に気付かれた……。

新吾の額に脂汗が滲んだ。

本間の剣の冴えには一溜まりもない……。

新吾は、必死に己の気配を消した。

本間は微かに苦笑した。そして、踵《きびす》を返して白山権現に向かって行く。

助かった……。

新吾は緊張を解いた。背筋に冷たい汗が静かに流れた。

本間の姿はすでになく、蒼白い月明かりを浴びた道が続いているだけだった。

新吾は尾行に失敗した。だが、本間の行き先は、白山前町の徳山寺の家作のはずだ。

新吾は吐息を洩らした。

本間精之助は、十徳姿の初老の男と遊び人風の男を斬った。だが、確かな証拠はなかった。

不忍池の畔から明神下の通りを抜けると神田川に出る。

人影は、神田川に架かる昌平橋を渡った。

浅吉は、見失いそうになりながら懸命に追い縋《すが》り、辛うじて尾行を続けた。

昌平橋を渡った人影は、八《や》ツ小路《こうじ》を横切って神田三河町に入った。そして、三河町三丁目にある大戸を閉めた店の表で立ち止り、辺りを油断なく見廻した。

人影は白髪頭の老人だった。

浅吉は、咄嗟に物陰に這いつくばり、地面近くから覗いた。

老人は、辺りを見廻していた。

人は先ず自分の眼の高さを見る。

老人は、物陰の下から見張っている浅吉に気付かず、大戸を閉めた店の裏手に入って行った。浅吉は立ち上がって土を払い、老人の入った店に駆け寄った。

大戸を閉めた店には、献残屋《けんざんや》『弁天堂』の看板が掲げられていた。

浅吉は見届けた。

白髪頭の老人は、献残屋『弁天堂』の主なのか……。

献残屋とは、献上品や贈答品の余った物を下取り・換金してやる商売だ。買い取る品物は、料理切手、鰹節、塩漬けの鮭や鶏肉、干し貝などの各地の名産品や絹織物があった。献残屋は、大名・旗本家や大商人などから贈答品の残り物を安く買い取り、新しい品物に作り変えて売り捌くのである。

白髪頭の老人は、献残屋の他に裏の顔を持っているのかも知れない。

面白い……。

浅吉は、不敵な笑みを浮かべた。


不忍池は冷たく揺れていた。

北町奉行所臨時廻り同心・白縫半兵衛《しらぬいはんべえ》は、岡っ引の本湊《ほんみなと》の半次《はんじ》を従えて不忍池の畔に急いだ。

十徳を着た初老の男と遊び人風の男の斬殺死体は、不忍池の畔にある料理屋『水月』の近くに転がっていた。

「二人とも首の血脈を一太刀で斬り飛ばされているよ」

半兵衛は、二人の死体を検《あらた》めた。

「首の血脈を……」

半次は、恐ろしげに眉をひそめた。

「うん。恐ろしいほどの使い手。それも殺しに手馴れている奴の仕業だな」

「って事は、下手人は剣術の修行をした侍ですか」

「おそらくね。見た者はいないかい」

「残念ながら……」

凶行を目撃した者はいない。

「そうか。で、仏さんたちの身許、分かったのかい」

「はい。そこの料理屋水月の女将さんが知っていました。十徳を着たのが、茶の湯の宗匠の佐川宗風。もう一人は、遊び人の升吉《ますきち》だそうです」

半次は告げた。

「茶の湯の宗匠の佐川宗風と遊び人の升吉か。どういう関わりなのかな……」

「升吉は宗風の使い走りだそうでしてね。昨夜、宗風は水月に来るはずだったそうです」

「じゃあ、宗風と升吉は水月に来たところを殺されたわけか……」

「きっと……」

半次は頷いた。

「仏さんたち、水月で誰かと逢う手筈だったのかな」

「ええ。女将さんの話じゃあ、旗本の矢崎兵部《やざきひょうぶ》さまをお招きになっていたとか……」

「旗本の矢崎兵部さま……」

半兵衛は眉をひそめた。

「はい」

「よし。矢崎兵部さまは私が調べる。半次は仏さんたちを調べてくれ」

「承知しました。それから旦那。昨夜、殺しがあった直後、新吾さんが現れて下手人を追ったそうですよ」

半次は眉をひそめた。

「新吾が……」

「はい。北町の養生所見廻りの神代新吾と名乗ったそうです」

「ほう……」

半兵衛は、戸惑いを浮かべた。

白山前町徳山寺の家作からは、小一郎の論語を素読する声が元気に聞こえた。

新吾は、本間家に変わった事のないのを見定めた。

本間精之助が、十徳を着た初老の男と遊び人を斬り棄てた証拠は何一つない。

だが、本間が下手人だとする現場の条件は整っている。

仮に本間が下手人だとしたら、二人を斬り殺した理由は何なのか……。

事件は白縫半兵衛の扱いになっていた。

新吾は、本間が下手人だとの確かな証拠を摑むまで半兵衛に告げない事にした。

旗本の矢崎兵部は、四百石取りで奥祐筆《おくゆうひつ》組頭の役目に就いていた。

奥祐筆組頭は若年寄の支配下にあって機密文書を扱い、大名旗本の人事に意見を述べたりする権威のある役職だ。

殺された茶の湯の宗匠佐川宗風は、その奥祐筆組頭の矢崎兵部と料理屋で逢おうとしていた。

茶の湯の宗匠と奥祐筆組頭にどのような関わりがあるのか……。

そして、矢崎は宗風と升吉殺しに関わりがあるのか……。

白縫半兵衛は思いを巡らせた。

二

不忍池の畔で、茶の湯の宗匠と遊び人が斬り殺された。

浅吉は、昨夜の事件の概要を噂で知った。そして、追った白髪頭の年寄りが、その殺しに何らかの関わりがあるのに気付いた。

白髪頭の年寄りは、献残屋『弁天堂』の主の善兵衛《ぜんべえ》だった。

浅吉は、献残屋『弁天堂』と善兵衛について聞き込みを始めた。

神田三河町の献残屋『弁天堂』には、主の善兵衛と女房のおせい、通いの番頭と手代や女中がいた。

番頭の芳造《よしぞう》は近くの借家から通って来ており、手代の庄助《しょうすけ》と女中は『弁天堂』に住み込んでいた。

『弁天堂』は店構えは小さいが、献残品を払い下げる大名旗本の客筋が良く、繁盛していた。

善兵衛は、客や商売仲間に信用のある評判のいい商人だった。だが、それは表向きの顔であり、裏には別な顔を秘めているはずだ。

浅吉は聞き込みを続けた。

北町奉行所同心詰所では囲炉裏に掛けられた鉄瓶が湯気をあげていた。

新吾が入っていった時、半兵衛は旗本の武鑑《ぶかん》を片付けているところだった。

「半兵衛さん……」

「やあ……」

「不忍池の畔で斬られた十徳姿の初老の男と遊び人、何処の誰ですか……」

新吾は、単刀直入に尋ねた。

「うん。茶の湯の宗匠の佐川宗風と遊び人の升吉だよ」

「佐川宗風と升吉ですか……」

「それより新吾、後を追った下手人はどうした」

新吾の睨み通り、半兵衛は自分が下手人を追ったのを知っていた。

「下手人というより、らしい浪人でしてね。追ったのですが千駄木で見失いました」

新吾は、蒼白い月明かりを浴びて佇む本間精之助を思い浮かべた。

「そうか。相手は恐ろしい程の剣の使い手。下手な尾行は命取りだ。見失って良かったのかも知れぬな」

「えっ……」

新吾は、心配してくれる半兵衛に戸惑った。

「二人とも首の血脈を一太刀だ。見事な腕前だよ」

「辻斬りですか……」

新吾は、半兵衛の睨みが気になった。

「いや。おそらく違うね」

「じゃあ、物盗りですか」

「懐に金は残っていた。そいつもないだろう」

「となると恨み、怨恨ですか……」

「そうかもしれぬが、まだ何とも云えない」

半兵衛は慎重だった。

「茶の湯の宗匠、家は何処なんですか」

新吾は、知りたい事を尋ねた。

「浜町河岸《はまちょうがし》の橘町だそうだよ」

「浜町河岸の橘町……」

新吾は、佐川宗風の家の場所を知った。

「新吾……」

「はい」

「何か気になる事でもあるのかい」

「いえ、別に。あっ、いけねえ。養生所に行かなくては。お邪魔しました」

新吾は、半兵衛に挨拶をして慌ただしく同心詰所を出た。

半兵衛は苦笑を消し、厳しい眼差しで新吾を見送っていた。


荷船の船頭の歌声は、櫓の軋みを伴奏に浜町堀に長閑《のどか》に響いていた。

新吾は、浜町堀に架かる千鳥橋を渡り、橘町に入った。そして、茶の湯の宗匠佐川宗風の家を探した。

佐川宗風の家は、千鳥橋の隣りの汐見橋の近くにあった。家は板塀で囲まれた瀟洒な仕舞屋《しもたや》であり、羽振りの良さを窺わせた。

新吾は聞き込みを始めた。

佐川宗風の茶の湯の弟子になるには、高い束脩《そくしゅう》と月々の謝礼を払わなければならなかった。それ故、弟子には旗本や大店の主や子弟などの金持ちが多かった。

池之端の料理屋『水月』で逢おうとしていた相手は、そうした弟子に関わりのある者なのかもしれない。

新吾は聞き込みを続け、奇妙な噂があるのを知った。

宗風の弟子の大店の旦那が二人、相次いで自害をしていた。呉服屋の主は大川に身投げをし、菓子屋の主は首を吊ったのだ。

二人は親しい間柄ではなく、共通するものは自害であり、宗風の茶の湯の弟子だという事だけだった。

新吾は気になった。

気になったのは、新吾だけではなかった。

岡っ引の半次は、呉服屋と菓子屋の主の自害の理由を追い始めていた。

献残屋『弁天堂』善兵衛は、店を番頭や手代に任せて得意先の大名旗本の御機嫌窺いに歩いて行く。

浅吉は慎重に尾行していた。

駿河台の武家屋敷街は、昼間の静けさに包まれていた。

善兵衛は、神田川に架かる水道橋近くの旗本屋敷を訪れた。

浅吉は通り掛かった中間に金を握らせ、旗本屋敷の主の名を尋ねた。

「あそこは矢崎兵部さまのお屋敷だぜ」

「矢崎兵部さま……」

「ああ。奥祐筆組頭でな。大した羽振りだぜ」

中間は羨ましげに笑った。

奥祐筆は、大名旗本の加役の人事に意見を述べる立場にもあり、贈答品などの多い旨みのある役目とされている。

善兵衛は、奥祐筆組頭の矢崎兵部の屋敷に贈答品の残り物の品定めに来たのかも知れない。

浅吉は、善兵衛が出て来るまでの間、矢崎兵部の評判を調べる事にした。


主が大川に身投げした呉服屋は、多額の借金を作って潰れていた。

半次は、残された家族や奉公人たちを探し、当時の呉服屋の様子を調べた。

「旦那さまはお大名家の御用達《ごようたし》になれると喜んでいられたんです」

潰れた呉服屋の元番頭は、悄然と肩を落とした。

「大名家の御用達ですかい……」

半次は、元番頭の思いも寄らぬ話に戸惑った。

「ええ。茶の湯のお師匠さまの口利きで、御公儀の偉いお役人さまと知り合いになり、大名家の御用達にご推挙いただけると……」

「御公儀の偉いお役人ってのは、どなたですかい」

「さあ、そこまでは聞いておりません」

「そうですか。どっちにしろ、金が掛かったでしょうね」

半次は、それとなく話を促した。

「はい。店のお金を注ぎ込んだ挙句、あちらこちらからお金を借りましてね。旦那さまは御用達の金看板がいただければ、すぐに返せると仰っていたんですが……」

「で、御用達の話はどうなったんです」

「それが駄目になりまして……」

「駄目になった……」

「はい。それで残ったのは借金だけで、旦那さまはそれを悲観して大川に……」

元番頭は溢れる涙を拭った。

「身を投げたんですか」

半次は、暗澹《あんたん》たる思いに駆られた。

「はい。親分さん、旦那さまは、茶の湯のお師匠さまと御公儀の偉いお役人さまに騙されたのかも知れません」

元番頭は、悔しげに顔を歪めた。

「騙された……」

呉服屋の主は、茶の湯の師匠である佐川宗風の大名家御用達になれるという甘い言葉に誘われ、多額の金を渡した。だが、それは金が目当ての騙《かた》りだった。

元番頭はそう思っているのだ。

「そう思っているのは手前だけではございません。お内儀さんやお嬢さまも、旦那さまは騙されて殺されたんだと、恨んでおります」

元番頭は嗚咽《おえつ》を洩らした。

呉服屋の主は、騙された挙句に身投げに追い込まれた。残された者たちは、茶の湯の師匠の佐川宗風を憎み、恨んでいる。

半次は元番頭に礼を述べ、主が首を括った菓子屋に急いだ。

菓子屋は、同業者から借りた金の担保に、店代々の銘菓を譲り渡した。

菓子屋の主は、そうまでして用意した金を大名家御用達になる為に注ぎ込んだ。しかし、そうした苦労にも拘らず、大名家御用達になる話は纏まらなかった。

身代と銘菓を失った菓子屋は、借金まみれになって傾いた。菓子屋の主は、口を利いた茶の湯の師匠の佐川宗風に騙されたと怒り、お上に訴え出ると騒ぎ出した。そして数日後、菓子屋の主は先祖代々の墓の前で首を吊った。

残された家族と奉公人たちは、主は自害ではなく殺されたと云い張り、町奉行所に訴え出た。だが、主が殺された証拠は何一つなく、町奉行所が取り上げる事はなかった。そして、菓子屋は人手に渡った。

新吾は、代替わりをした菓子屋の斜向《はすむ》かいの蕎麦屋で大盛のあられ蕎麦を啜っていた。

「それで父っつぁん、菓子屋の家族はどうしたんだい」

新吾は、蕎麦屋の老亭主に尋ねた。

「そいつが、お内儀さんは旦那の後を追うように病で亡くなり、若旦那とお嬢さんも追い出されて何処かに行きましたよ」

「一家離散か……」

菓子屋は、茶の湯の宗匠佐川宗風が持ち込んだ大名家御用達話に乗り、一家離散した。

「ええ。気の毒に……」

老亭主は、菓子屋に同情していた。

大名家の御用達には、一介の茶の湯の宗匠の力だけではなれない。佐川宗風の背後には、大名家に顔の利く者が潜んでいる。

新吾は睨んだ。

「若旦那の弥助《やすけ》さん、御用達話を持ち込んで来た佐川宗風を恨みましてね。いつか必ずぶち殺してやると……」

老亭主は言葉を濁した。

「若旦那の弥助、そう云っていたのか……」

新吾は眉をひそめた。

弥助は、大名家に顔の利く者がいるのに気が付いていない。

「ええ……」

老亭主は、大盛のあられ蕎麦を食べ終えた新吾に出涸らしの茶を差し出した。

菓子屋の若旦那の弥助は、父親は佐川宗風たちに身代を騙し取られた挙句、首吊りに見せ掛けて殺されたと恨んだ。そして、佐川宗風を必ず殺してやると叫んでいた。

弥助は、佐川宗風殺しに係わっているのか……。

新吾は、本間精之助の周りに弥助らしい者がいないか思いを巡らせた。だが、弥助らしい若者はいない。

新吾は、老亭主に蕎麦代の他に心付けを渡して蕎麦屋を出た。

「新吾さん……」

蕎麦屋の外に半次がいた。

「やあ、半次の親分……」

新吾は戸惑った。

「これから主が身投げした呉服屋に行くなら、それには及びませんぜ」

半次は笑った。

新吾は、半次が呉服屋から菓子屋に来たのに気付いた。

「そうですか。じゃあ、親分も菓子屋の様子を詳しく知っている人を探すまでもありませんよ」

「そいつはありがてえ」

新吾と半次は、互いに知った事を教え合う事にした。


献残屋『弁天堂』善兵衛は、矢崎屋敷に入ったままだった。

善兵衛は、おそらく献上品の残り物の品定めをしているのだろう。

浅吉は、矢崎屋敷の周囲の屋敷の奉公人や出入りの商人などに聞き込んだ。

奥祐筆組頭の矢崎兵部の評判は決して良くなかった。

奥祐筆の役目を笠に着て賄賂を要求し、その結果によって動くと噂されていた。

そして、家来や奉公人には厳しく、屋敷は常に緊張に包まれている。

近所の屋敷の奉公人や出入りの商人たちは、浅吉に眉をひそめて囁いた。

浅吉は、善兵衛が出て来るのを待った。

一刻が過ぎた。

矢崎屋敷から善兵衛が出て来た。

善兵衛はにこやかに笑い、家来や中間たちに腰を低く挨拶をして踵を返した。

その途端、善兵衛は笑みを消し、別人のように厳しい面持ちになった。それは、矢崎屋敷との付き合いに表裏があるのを示していた。

浅吉は見届けた。

善兵衛は、足早に表猿楽町の通りを神田三河町に向かった。

おそらく献残屋『弁天堂』に帰る……。

浅吉は睨んだ。

案の定、善兵衛は山城国淀藩稲葉家の江戸上屋敷の前から三河町に入った。

浅吉は見定め、神田川に架かる昌平橋に向かった。

夕暮れ時、徳山寺の境内には子供たちの楽しげな声が響いていた。

新吾は徳山寺の境内に入った。

賑やかに遊んでいる子供の中には小一郎もいた。そして、無腰の本間精之助が本堂の階《きざはし》に腰掛け、小一郎たち遊ぶ子供を眺めていた。

本間は、蒼白い月明かりの下で振り返った時とは違い、柔和な温かい眼差しを小一郎たち子供に向けていた。

「やあ、本間さんじゃありませんか……」

新吾は本間に声を掛けた。

「どなたでしたかな……」

本間は静かに立ち上がり、黒羽織の新吾を警戒するように見つめた。

「北町の養生所見廻り同心の神代新吾です」

「おお、養生所の……」

「ええ。本間さん、お住まいはこの近くですか……」

新吾は、親しげに話し掛けながら階に腰掛けた。本間は、新吾に釣られるように再び腰掛けた。

「ええ。この徳山寺の家作を借りています」

「そうでしたか。ところで本間さん、どうして養生所に入室しないのですか……」

「えっ……」

本間は戸惑ったようだ。

「いえ。良哲先生が心配していましてね」

「神代さんと仰いましたね」

「はい……」

「私は労咳。養生所に入室して一時抑えをしたところで治るわけはありません」

本間は、遊ぶ小一郎たち子供を淋しげに眺めた。

「ですが、少しでも長く……」

「神代さん……」

本間は新吾を遮った。

「はい……」

「私の子供はまだまだ幼くてね。このまま養生所に入室すれば、父親らしい事を何もしてやれずに生涯を終えるかもしれません。ですから、残る命を子供の為に……」

本間は、口元に掌を当てて咳き込んだ。

「本間さん……」

新吾は焦った。

「大丈夫、大丈夫ですよ」

本間は、苦しげに咳をしながら懸命に笑おうとした。だが、咳は止まらなかった。

「父上……」

小一郎は父親の咳に気付き、心配げに駆け寄って来た。

「大丈夫だ、小一郎。こちらは養生所の神代さんだ」

「あっ……」

小一郎は、新吾を見知っていたらしく頭を下げた。

「やあ……」

新吾は笑って見せた。

「父上、家に帰りましょう」

「うん。神代さん、御無礼つかまつった。これで……」

本間は、新吾に挨拶をし、小一郎に支えられるように本堂の裏手に廻って行った。

新吾は見送った。

「千太、もう日が暮れたよ。みんなも早く家に帰りな。いつまでも遊んでいると、人攫《さら》いが来るよ」

遊んでいる子供を迎えに来た母親の声が境内に響いた。

赤い夕陽はすでに沈み、境内は薄暗さに覆われ始めていた。

暖簾を出したばかりの飲み屋の『布袋屋』に浅吉はまだ来ていなかった。

新吾は板場の横の小部屋に入り、主の伝六に酒と肴を頼んだ。そして、手酌で酒を飲み始めて四半刻が過ぎた頃、浅吉がやって来た。

「おう。待たせちまったな」

「うん……」

「父っつぁん、酒をくれ」

浅吉は、伝六に酒を頼んだ。

「昨夜の一件か……」

浅吉は、新吾を一瞥して酒を飲んだ。

「うん、聞いているな」

「ああ……」

浅吉は頷いた。

「追った奴、何処の誰だった」

「神田三河町にある献残屋弁天堂の主の善兵衛って奴だ」

「事件に関わりありそうか……」

「きっとな……」

浅吉は苦笑した。

「で、そっちは……」

「立ち去って行く浪人を見掛けて後を追った。そうしたら……」

新吾は、後を追った浪人が養生所の通いの患者の本間精之助であり、確かな証拠はないが下手人だろうと告げた。

「養生所の労咳患者か……」

「うん。それから……」

新吾は、北町奉行所の扱い同心が半兵衛であり、探索の様子などを教えた。

「じゃあ、佐川宗風は大店の旦那に大名家御用達の話を持ち込んでは、金を騙し取っていたのか……」

「おそらくな……」

「だったら、宗風を殺したのは、恨んでいる呉服屋や菓子屋に関わりある者か……」

浅吉は、眉をひそめて酒を飲んだ。

「そうなるが、下手人は本間精之助と弁天堂の善兵衛しか考えられない」

新吾は、佐川宗風と升吉が殺された時の情況を思い浮かべた。

「じゃあ、本間と善兵衛、呉服屋か菓子屋に関わりがあるのかな」

浅吉が読んでみせた。

「その辺だな……」

新吾は、僅かに眼を輝かせた。

「それで浅吉。善兵衛は今日、奥祐筆組頭の矢崎兵部さまの屋敷に行ったんだな」

「ああ……」

浅吉は頷いた。

「矢崎兵部か……」

「評判、余り良くねえな」

浅吉は手酌で酒を飲んだ。

「そうか……」

本間精之助と献残屋『弁天堂』善兵衛、そして奥祐筆組頭の矢崎兵部はどのような関わりがあるのか……。

新吾は思いを巡らせた。

「どっちにしろ、弁天堂善兵衛は只の献残屋じゃあない。必ず裏稼業を持っているぜ」

「裏稼業……」

新吾は眉をひそめた。

「ああ。本間精之助とは、その裏稼業で関わりがあるのかも知れねえな」

「その裏稼業、何だっていうんだ」

「そいつはまだ分からねえ」

浅吉は薄く笑った。

「よし。引き続き俺は本間精之助を見張る。浅吉は善兵衛を頼む」

「分かった」

新吾と浅吉は酒を酌み交わした。

常連客が訪れたのか、伝六の親しげに迎える声がした。

三

囲炉裏の火は隙間風に揺れた。

「佐川宗風、御用達を餌に騙りを働いていたか……」

半兵衛は眉をひそめた。

「おそらく間違いないでしょう」

半次は頷いた。

「で、呉服屋と菓子屋の主が自害をね……」

「菓子屋の残された家族は、自害じゃあなくて殺されたと云っているそうです」

「じゃあ、恨んでいるか……」

「ええ。必ず殺してやると……」

小枝が音を立てて爆《は》ぜ、火の粉が飛び散った。

「しかし、首の血脈を一太刀で撥ね斬ったのはかなりの達人。それに新吾の話じやあ、逃げたのは浪人だ。残された家族じゃあないな」

「じゃあ、その浪人、家族に金で雇われたか、頼まれたかしたんですかね」

「かもしれないな。それにしても大名旗本家の御用達。町方の茶の湯の宗匠の力だけじゃあ、どうにもならぬと思うが……」

半兵衛は、二つの湯呑茶碗に酒を満たし、一つを半次に差し出した。

「畏れ入ります」

半次は、酒の満たされた湯呑茶碗を押し戴いて頭を下げた。

「半次、佐川宗風の茶の湯の弟子に武士はいないのか」

「武士の弟子ですか……」

「うん。ま、弟子でも知り合いでも、御公儀でそれなりの役目に就いている旗本かな」

「じゃあ、その旗本が佐川宗風と一緒に騙りを働いていたと……」

半次は身を乗り出した。

「ひょっとしたらね……」

半兵衛は、湯呑茶碗の酒を啜った。

「旗本が誰か調べてみますか……」

「半次、宗風は殺された夜、料理屋水月で旗本の矢崎兵部さまと逢う手筈だったな」

半兵衛は笑みを浮かべた。

「そういえば、そうでしたね」

半次は顔を輝かせた。

「矢崎兵部さまは奥祐筆組頭であり、大名旗本と関わりが深い」

「じゃあ……」

半次は膝を進めた。

「うん。もし、御用達話の騙りに絡んでいるとしたら、矢崎兵部さまも狙われる……」

半兵衛は揺れる炎を見つめた。

「旦那……」

半次は厳しさを浮かべた。

「半次、矢崎兵部さまを探ってくれ……」

半兵衛は、湯呑茶碗の酒を飲み干して頷いた。

囲炉裏の火は揺れ、半兵衛と半次の影を小刻みに揺らした。

小石川養生所には通いの患者が次々に訪れていた。

本道医の小川良哲と外科医の大木俊道は、そうした患者の診察に忙しかった。

新吾は、養生所見廻り同心として賄所の管理と物品購入の吟味、病人部屋の見廻り、薬煎の立会いなどを済ませ、白山前町の徳山寺に向かった。

白山権現の境内を抜けると、本間精之助一家が暮らしている徳山寺は近い。

新吾は、白山権現の境内を抜けて徳山寺の裏手に出た。徳山寺の裏手から本間精之助が現れた。新吾は咄嗟に身を隠した。

本間精之助は刀を腰に差し、ゆったりとした足取りで出掛けて行く。

散歩ではない……。

新吾はそう睨み、本間の尾行を始めた。

本間は谷中に向かっていた。

何処に行く……。

新吾は慎重に尾行した。

献残屋『弁天堂』の主の善兵衛は、番頭の芳造と手代の庄助に見送られて店を出た。

見張っていた浅吉が善兵衛を追った。

善兵衛は、神田三河町を抜けて八ツ小路に進み、神田川に架かる昌平橋を渡った。そして、明神下の通りを不忍池に向かって行く。

浅吉は尾行した。

谷中に向かった本間精之助は、四軒寺町から千駄木団子坂を通って根津権現裏に出た。

新吾は、充分な距離を取って尾行した。

本間は、根津権現の境内に入り、参拝をして茶店の縁台に腰掛けた。

「いらっしゃいませ」

茶店の小女《こおんな》は、赤い前掛けを揺らして本間を迎えた。

本間は茶を注文し、境内を見廻した。

秋の日差しは透き通り、拝殿に手を合わせる参拝客や駆け廻る近所の子供たちの輪郭を淡く輝かせていた。

本間は眩しげに眼を細めた。

「おまちどおさまでした」

小女が茶を持って来た。

「うん……」

本間は茶を啜った。

新吾はお堂の陰に潜み、茶を飲む本間を見守った。

茶を飲む本間の姿は、秋の日差しに包まれて長閑だった。

根津権現の鳥居を潜り、門前町から『弁天堂』善兵衛がやって来た。

見覚えのある年寄り……。

新吾は緊張した。

善兵衛は、茶店で茶を飲んでいる本間を一瞥し、拝殿に進んで手を合わせた。

見守る新吾の隣に浅吉が現れた。

「本間精之助か……」

浅吉は、本間を見つめたまま尋ねた。

「弁天堂の善兵衛か……」

「ああ。やっぱり本間と善兵衛、繋がっていたな」

「うん……」

参拝を終えた善兵衛は、茶店にいる本間の隣に腰掛けて茶を頼んだ。

本間は、善兵衛を一瞥して茶を啜った。

善兵衛は、周囲に不審なところがないのを見定めた。

「明日、矢崎兵部は非番で、昼から神楽坂に行くそうです」

善兵衛は囁いた。

「神楽坂……」

「ええ。毘沙門天のある善國寺の斜向かいにある納戸組頭本多修理《ほんだしゅり》さまの屋敷です」

「納戸組頭の本多修理ですか……」

「昔からの碁敵《ごがたき》だそうでしてね。始めると亥の刻四つ（午後十時）までは続けるとか……」

善兵衛は嘲りを滲ませた。

「町木戸の閉まる亥の刻となると、見附門はとっくに閉まっており、神楽坂から江戸川に架かる船河原橋を渡り、そのまま小石川御門前を通って水道橋に出ますか……」

本間は、亥の刻過ぎの神楽坂から水道橋までの道筋を読んだ。それは神田川の北岸を通る道筋だった。

「おそらく……」

善兵衛は茶を啜った。

「間違いありませんな」

本間は念を押した。

「ええ。昨日、矢崎屋敷の献上品の残りを品定めに行って用人から聞き出しました。おそらく間違いないでしょう」

「ならば、やりますか……」

本間は善兵衛を見つめた。残忍さも昂りもない、穏やかな眼差しだった。

「はい。お願いします」

善兵衛は微笑を浮かべた。

新吾と浅吉は、茶店で何気ない様子で話をしている本間と善兵衛を見守った。

「くそっ……」

二人の話し声が聞こえない浅吉は苛立った。

「俺も茶でも飲んで来るかな」

「浅吉、下手な動きは命取りだ」

新吾は、半兵衛の言葉を思い出して浅吉を制した。

浅吉は、悔しげに舌打ちをした。

「今は、本間と善兵衛が繋がっていたのが分かっただけでも御の字だ」

新吾は、己に云い聞かせるように浅吉に告げた。

「うん」

新吾と浅吉は、密談する本間と善兵衛を見守った。

枯葉は秋の日差しを浴び、煌めきながら舞い散っていた。


矢崎屋敷は静寂に包まれていた。

半次は、主で奥祐筆組頭の矢崎兵部の人柄と屋敷の様子を聞き込んだ。

矢崎兵部の評判は悪く、屋敷は緊張感に覆われている。

佐川宗風の騙りの背後に旗本が潜んでいるとしたら、それが矢崎兵部であっても不思議ではない。

聞き込みの結果、半次はそう判断した。

「それにしても親分さん。矢崎の殿さま、一体何をしたんですかい」

矢崎屋敷の斜向かいの旗本屋敷の中間頭は眉をひそめた。

「う、うん……」

半次は言葉を濁した。

「実は、昨日も矢崎の殿さまの事を聞きに来た奴がいましてね」

「何だと……」

半次は眉をひそめた。

「いえね。油断のならない目付きをした若い野郎でしてね。矢崎の殿さまの事を、いろいろ訊いて行きましたぜ」

「油断のならない目付きをした若い野郎……」

半次は戸惑った。

今度の事件には、鶴次郎《つるじろう》は加わっていない。

油断のならない目付きの若い男とは、誰なのか……。

半次は思いを巡らせた。

「その若い男、町方の者だね」

「ええ。ですが、お店者《たなもの》でも職人でもねえ得体の知れない野郎でして……」

中間頭は首を捻った。

「得体の知れない野郎……」

半次は気付いた。

博奕打ちの手妻の浅吉……。

新吾と親しい浅吉が、密かに探索をしているのは充分に考えられる。

浅吉は、すでに矢崎兵部についての聞き込みをしているのだ。

半次は苦笑した。


深川八幡宮の門前は、岡場所に遊びに来た客で賑わっていた。

献残屋『弁天堂』善兵衛は、岡場所の賑わいを進んで女郎屋『丁子屋』の暖簾を潜った。

浅吉は見届けた。

善兵衛は、根津権現で本間精之助と別れた。

新吾は本間精之助を尾行し、浅吉は善兵衛を追って深川にやって来たのだ。

女郎屋『丁子屋』の見世には数人の女郎がおり、男衆が昼遊びの客を引いていた。

浅吉は、客を引く男衆の中に知った顔を見つけた。

知り合いの男衆は、賭場でいかさまを働いて簀巻《すま》きにされたところを助けてやった蓑吉《みのきち》だった。以来、蓑吉は浅吉に頭が上がらなくなっていた。

浅吉は、客を引いている蓑吉を呼んだ。

「こりゃあ、浅吉の兄貴じゃありませんか」

蓑吉は、浅吉に気付いて駆け寄って来た。

「やあ、達者にしていたかい」

「へい。お蔭さまで……」

蓑吉は浅吉に頭を下げた。

「そいつは良かった」

「それより兄貴。良い女がいますぜ」

蓑吉は、好色な笑みを浮かべた。

「何云ってんだ」

浅吉は苦笑し、蓑吉を路地に誘った。

「何ですか、兄貴……」

蓑吉は、怪訝な面持ちで路地に付いて来た。

「さっき、白髪頭の年寄りがあがったろう」

「年寄りって、弁天堂の善兵衛さんですかい」

蓑吉は善兵衛を知っていた。

「ああ、その善兵衛、馴染みの女郎がいるのかい」

「えっ、ええ。馴染みといえば、馴染みなんですが。うちに善兵衛さんの口利きで身売りして来た小紫《こむらさき》って女郎がおりましてね」

「小紫、どんな女だ」

「それが、元は名のある菓子屋のお嬢さまだったそうですぜ」

「菓子屋の娘……」

浅吉は、佐川宗風の騙りに遭って首を吊った菓子屋の主を思い出した。

「ええ。善兵衛さん、何かとその女郎の相談に乗っているらしいんですよ」

菓子屋には倅と娘がいた。小紫はその娘なのかも知れない。

「相談ねえ……」

「ええ。小紫のお父っつぁん、菓子屋の旦那ですが、何でも騙りに遭って身代を取られた挙句に殺されたとかで、小紫は仇を討って恨みを晴らしたい一念で身売りをしたとか……」

女郎の小紫は、やはり佐川宗風の騙りに遭って首を吊った菓子屋の娘なのだ。

「小紫、幾らで身売りしたんだ」

「確か三十両だと聞きましたよ」

「三十両……」

菓子屋の娘は、騙されて死んだ父親の恨みを晴らす為、善兵衛の口利きで女郎に身売りをし、三十両の金を作った。

「兄貴、小紫がどうかしたんですかい」

蓑吉は眉をひそめた。

「う、うん……」

浅吉は言葉を濁した。

訪れる患者も途絶え、養生所はその日の診療を終えようとしていた。

新吾は、本間精之助が根津権現から徳山寺の家作に帰ったのを見届け、養生所に戻った。そして、養生所見廻り同心としての仕事に励んだ。

夕暮れ時になり、診療の終わる刻限になった。

新吾は、後片付けを急いだ。

「ご苦労さまでした。お気を付けて……」

「うん。お疲れさん」

新吾は、下男の宇平に見送られて養生所の門を出た。

半次が物陰から現れ、本郷通りに向かう新吾を追った。

新吾は、夕暮れに染まる町を足早に進んで行った。

湯島天神裏の切通しには、門前町の盛り場の賑わいが微かに響いて来ていた。

新吾は、切通しから男坂に向かった。そして、男坂の下にある飲み屋『布袋屋』に入った。

半次は物陰から見届けた。

飲み屋『布袋屋』の亭主の伝六は、新吾と浅吉の前に酒と肴を置いた。

「ゆっくりしていきな」

「すまないな。いつも長居して……」

新吾は伝六を気遣った。

「遠慮は無用だ」

伝六は、小部屋を出て薄汚れた襖を閉めた。

新吾と浅吉は、手酌で酒を飲み始めた。

「いらっしゃい……」

伝六が客を迎える声が板場から聞こえた。

「本間さん、あれから真っ直ぐ家に帰ったよ」

「そうか。こっちは深川の岡場所に行ったよ」

「岡場所……」

新吾は戸惑った。

「ああ。佐川宗風に騙されて首を括った菓子屋の娘が女郎屋に身売りしていたよ」

浅吉は、憮然とした面持ちで酒を飲んだ。

「菓子屋の娘……」

新吾は少なからず驚いた。

菓子屋の娘は、父親が佐川宗風に騙されて殺されたと信じ、女郎屋に身売りして三十両の金を作り、善兵衛に頼んで恨みを晴らそうとしている。

「じゃあ佐川宗風は……」

「ああ。善兵衛と本間精之助が菓子屋の娘に頼まれて始末したんだ」

浅吉は、手酌で酒を飲んだ。

「じゃあ本間精之助は、金を貰って密かに人を斬る刺客……」

新吾は、眉をひそめて呟いた。

「刺客というより、金で人殺しを請け負う人斬り屋だぜ」

浅吉は、腹立たしげに酒を呷《あお》った。

人斬り屋……。

新吾は、呆然とした面持ちで頷いた。

「そして、善兵衛と本間、まだ誰かを始末するかも知れねえ」

昼間、善兵衛と本間精之助は、その打ち合わせで根津権現で落ち合ったのだ。

「うん……」

新吾は頷いた。

献残屋『弁天堂』善兵衛は、金で人殺しを請け負う始末屋の元締であり、本間精之助は配下の人斬り屋なのだ。

本間の倅の小一郎の笑顔が、不意に新吾の脳裏に過《よ》ぎった。

四

論語の素読を終えた小一郎は、庭先に出て数を数えながら木刀の素振りを始めた。

本間は濡縁《ぬれえん》に腰掛け、眼を細めて素振りをする小一郎を見守っていた。

小一郎の数を数える甲高い声と、木刀の空を斬る音が短く響いていた。

「お前さま、薬湯を……」

妻の香苗《かなえ》が、本間に湯呑茶碗に満たした煎じ薬を差し出した。

「うむ……」

本間は煎じ薬を飲んだ。

「小一郎、如何《いかが》ですか……」

香苗は、元気に素振りをしている小一郎を見守った。

「うん。飲み込みが早い。末が楽しみだ」

本間は嬉しげに微笑んだ。

「それはそれは……」

「だが、可哀想なのは祖父の代からの貧乏浪人。私のように虚しい毎日を送らねば良いがな……」

本間は、淋しさを過ぎらせた。

「良いではございませんか、貧乏浪人でも家族が幸せなら……」

香苗は微笑んだ。

「香苗……」

「私はそう思っております。お前さまがいなくなっても、私は幸せだったと思いながら小一郎を育てていきます」

香苗は、武士の妻としての覚悟を窺わせた。

「そうか……」

本間は頷き、素振りをする小一郎を見守った。香苗は、滲む涙を素早く拭った。

本間は小一郎を見守り続けた。

「九十八、九十九、百……」

小一郎は、百回の素振りを終えた。

「父上、終わりました」

小一郎は、顔を汗で輝かせて声を弾ませた。

「うむ。ならば汗を拭って遊んで来なさい」

「はい。母上、着替えます」

「はい、はい……」

香苗は、小一郎と家の中に入って行った。

私は、香苗と小一郎に何をしてやれるのか……。

本間は、香苗と小一郎を哀しげに見送った。

徳山寺の狭い境内は、名のある寺とは違って参拝客より遊び廻る子供が多かった。

元気に遊ぶ子供たちの中には小一郎もいた。

本間は本堂の階に腰掛け、日差しを浴びて小一郎たち子供を眺めていた。

「やあ……」

新吾が裏手からやって来た。

「神代さん……」

本間は戸惑いを浮かべた。

「良哲先生に頼まれて新しい煎じ薬を届けに来ました。御新造にこちらだろうと伺いましてね。如何ですか具合は……」

新吾は、本間の隣に腰を降ろした。

「お蔭さまで……」

本間は、身体に変わりはないと笑った。

「そりゃあ良かった」

新吾は笑みを浮かべ、賑やかに駆け廻る小一郎たちを眺めた。

「元気がいいですね」

「ええ……」

「本間さんも早く病を治さなければ……」

「そいつは無理です」

本間は淋しげに微笑んだ。

「本間さん……」

「私は小一郎の行く末を見届けてやれぬのが心残りでしてね」

「心残りですか……」

新吾は眉をひそめた。

「ええ。せめて私が死んだ後、妻の香苗と小一郎が食べていけるだけの金を遺してやりたい。最早、それだけが最後の願いなのです」

本間は、夫として父としての己を全うしたいと願っていた。その為に死期が早まるのを覚悟し、人斬り屋をして金を遺そうとしているのだ。

新吾は、本間の気持ちが痛いほど良く分かった。

「本間さん、私も十二歳の時に父を病で亡くし、母と二人で生きてきました」

本間は、新吾の言葉に戸惑った。

「残された者は、残された者なりに生きていくものですよ」

新吾は微笑んだ。

「神代さん、貴方は御家人だ。僅かな扶持米でも、亡くなられたお父上の後を継げば受け取る事が出来ます。祖父の代からの浪人の家に生まれた小一郎とは違います」

本間は新吾を拒絶した。

「本間さん……」

「神代さん、新しい煎じ薬をお届けくださり、礼を申します。では……」

本間は階を降り、本堂の裏手の家作に戻って行った。

新吾は立ち尽くした。

「本間精之助さんか……」

新吾は振り返った。

半兵衛がいた。

「半兵衛さん……」

「新吾、浅吉といろいろ探っているようだね」

半兵衛は、新吾に笑顔を向けた。

「は、はい……」

半兵衛が現れたのは、新吾と浅吉の動きをそれなりに摑んでいるからだ。

誤魔化す事は出来ない……。

新吾は、覚悟を決めるしかなかった。

小一郎たち子供は、秋の日差しを浴びて楽しげに遊び廻っていた。

白山権現の境内は、徳山寺と違って参拝客が行き交っていた。

新吾と半兵衛は、門前町にある小さな蕎麦屋に落ち着いた。

「茶の湯の宗匠佐川宗風を斬ったのは、本間精之助だね」

「はい。きっと……」

新吾は頷いた。

「本間の背後には、善兵衛って者が潜んでいるらしいが、何者なのかな」

半兵衛は、温かい蕎麦を啜りながら尋ねた。

「三河町で弁天堂って献残屋を営んでいる者です」

「ほう、献残屋か……」

「はい……」

これまでだ……。

新吾は、半兵衛に何もかも話す事にした。

「半兵衛さん、実は……」

新吾は、蕎麦を食べる箸を置いた。


奥祐筆組頭は四人おり、矢崎兵部はその一人だ。

非番の日、矢崎は家来と中間を従え、神楽坂にある納戸組頭の本多修理の屋敷に向かった。

本多修理は、矢崎兵部の昔からの碁敵であり、互いの屋敷を訪れ合っては勝負を楽しんでいた。

矢崎兵部は、水道橋から神田川の南岸沿いに牛込御門に向かった。

浅吉は追った。

牛込御門を潜った矢崎と家来たちは、神楽坂をあがり、毘沙門天で名高い善國寺の斜向かいにある武家屋敷に入った。

浅吉は見届け、武家屋敷の主が誰なのかを調べた。

善國寺門前の茶店の老爺が、武家屋敷の主が四百石取りの旗本で納戸組頭の本多修理だと教えてくれた。

納戸組頭の本多修理……。

矢崎兵部は、本多修理に何の用があって屋敷を訪れたのか……。

浅吉は茶店に陣取り、本多家の奉公人が出て来るのを待った。


三河町の献残屋『弁天堂』に訪れる客は少なかった。

半兵衛と半次は、『弁天堂』の主・善兵衛を見張り始めた。

「善兵衛は始末屋の元締で、本間精之助は人斬り屋ですか……」

「うん。御用達の騙りに遭って首を吊った菓子屋の娘が、女郎屋に身売りした金で雇ったようだよ」

「そうですか……」

　半次は吐息を洩らした。

「そして佐川宗風を殺し、今度は裏に潜んでいる奥祐筆組頭の矢崎兵部さまの命を狙っているってわけだ」

　半兵衛は眉をひそめた。

「それで、新吾さんはどうする気なんですか」

「迷っているよ」

「迷っている……」

「役目を笠に着て騙りを働き、人を自害に追い込んだ矢崎兵部さまは許せぬ。だからといって、本間精之助が人を斬るのを黙って見逃すわけにはいかない」

「そりゃあ、新吾さんでなくても迷いますね」

　半次は、新吾の気持ちを推し量った。

「うん……」

「それにしても本間精之助さん、どうして人斬りなんかになったんですかね」

「本間精之助、労咳を患っていてね。長くはないそうだ」

「労咳……」

半次は言葉を失った。

「うん。それで心残りは妻と子。せめて二人が食べていける金を遺してやりたい。それで本間は人斬り屋になったそうだ」

「何だか気の毒な話ですね」

半次は本間一家に同情した。

善兵衛が手代の庄助を従えて出て来た。そして、番頭の芳造に見送られて駿河台に向かった。

「半次……」

「はい」

半兵衛と半次は追った。

神楽坂の下に流れる神田川は煌めいていた。

浅吉は、本多屋敷から出て来た下男を追って神楽坂を下った。

本多家の下男は、神楽坂を下って揚場《あげば》町《ちょう》に向かった。

浅吉は下男を呼び止めた。

下男は、怪訝な面持ちで振り返った。

「本多さまのお屋敷の方にございますね」

浅吉は笑い掛けた。

「えっ、ええ……」

「先程、お屋敷に旗本の矢崎兵部さまがお見えになられたようですが、何の御用なのかご存知ですか」

「お前さん……」

下男は、緊張し怯えを浮かべた。

浅吉は、下男に素早く小粒を握らせた。

「あっしが用があるのは、矢崎さまでしてね。本多さまに御迷惑はお掛けしませんぜ」

浅吉は囁いた。

「本当だね……」

下男は小粒を握り締め、探る眼を浅吉に向けた。

「そりゃあもう……」

「矢崎さまは、うちの旦那さまと碁を打ちにお見えになられたんだよ」

下男は辺りを窺い、声を潜めた。

「碁……」

浅吉は思わず聞き返した。

「ああ。うちの旦那さまと矢崎さまは、昔からの碁敵でね」

「碁敵ですか。で、いつもどのぐらいまでやるんですか」

「町木戸が閉まる頃までだよ」

「じゃあ、亥の刻四つですか……」

「ああ……」

下男は頷いた。

矢崎兵部は、亥の刻四つ頃まで本多屋敷で碁を打って屋敷に戻る。

襲うのには好都合だ……。

浅吉の勘が囁いた。


徳山寺の鐘が暮六つ（午後六時）を告げた。

本間精之助は、香苗と小一郎に見送られて本郷通りに向かった。

新吾は距離を取り、慎重に尾行を始めた。

本間は、静かな足取りで夜の本郷通りを進んだ。

香苗は、本間が人斬り屋なのを知っているのだろうか……。

不意にそうした疑問が新吾を過ぎった。

本間が教えるはずはない……。

新吾はすぐにそう思った。

本間と新吾は、夜の本郷通りを湯島に向かった。


駿河台小川町の武家屋敷街は夜の闇に包まれた。

『弁天堂』善兵衛は、荷物を背負った手代と共に屋敷から出て来た。

善兵衛は、献残屋として下取りした品物を背負った手代と三河町に戻り始めた。

そして、山城国淀藩稲葉家の江戸上屋敷の傍で手代を三河町の店に帰し、神田八ツ小路に向かった。

半兵衛と半次は、善兵衛を尾行した。


湯島天神門前の盛り場は賑わい始めていた。

本間精之助は、小料理屋『初音』の暖簾を潜った。

新吾は見届けた。

小半刻が過ぎた頃、善兵衛がやって来て『初音』に入った。

『弁天堂』善兵衛……。

新吾は暗がりで見送った。

「本間精之助と落ち合ったようだな」

半兵衛と半次が背後にいた。

「半兵衛さん……」

「善兵衛を追って来たんだよ。本間も来ているんだろう」

「はい……」

新吾は頷いた。

「となると今夜、何かをする気ですかね」

半次は眉をひそめた。

「きっとね……」

半兵衛は頷いた。

「じゃあ旦那……」

「うん。半次、矢崎さまがどうしているのか調べて来てくれ」

湯島天神門前と水道橋近くの矢崎屋敷までは遠くはない。

「承知しました。じゃあ、新吾さん御無礼します」

半次は駆け去ろうとした。

「半次の親分……」

新吾は、半次を呼び止めた。

「はい」

「浅吉が矢崎さまを見張っているはずです」

「分かりました」

半次は頷き、水道橋に急いだ。

「本間、どんな風だい」

「静かな落ち着いた様子ですよ」

「そうか。だったらやるかも知れないね……」

半兵衛は眉をひそめた。

行燈《あんどん》の明かりは小刻みに揺れた。

本間精之助と『弁天堂』善兵衛は、小料理屋『初音』の二階の座敷で静かな時を過ごした。

本間は眼を瞑って壁に寄り掛かり、思い出したように冷えた酒を啜った。

善兵衛は、手酌で酒を飲んでいた。

二人は言葉を交わさず、それぞれの時を過ごした。

戌の刻五つ（午後八時）が過ぎた。

矢崎兵部を襲う刻限は、本多修理と碁を終えて家路につく亥の刻四つまであと一刻ほどだ。

本間と善兵衛は、静かに亥の刻四つが来るのを待った。


矢崎屋敷は夜の闇に覆われていた。

半次は、屋敷の周囲に浅吉の姿を探した。だが、浅吉は何処にもいなかった。

半次は、斜向かいの旗本屋敷の中間頭に矢崎屋敷の動きを尋ねた。

「矢崎の殿さまなら昼過ぎに出掛けましたぜ。すみませんね。いただきます」

中間頭は、半次が手土産に持って来た酒を配下の若い中間に渡した。

「出掛けた……」

半次は眉をひそめた。

浅吉は、出掛けた矢崎たちを追って行ったのだ。

「ええ。家来の若松と中間の竹松をお供にね」

「で、まだ戻らないのかな」

「きっと……」

「何処に行ったかは分からないだろうな」

「誰か知っているかい……」

中間頭は、配下の中間たちに訊いた。

「矢崎さまのお屋敷の中間の梅吉に聞いたんですがね。碁を打ちに行ったそうですぜ」

「碁……」

若い中間は、半次に貰った酒を湯呑茶碗に注いでいた。

「ええ。矢崎さまは碁敵がいましてね。そのお方のお屋敷に行ったとか……」

「その碁敵、何処のなんて方か分かるかな」

「さあ、そこまでは……」

若い中間は首を捻った。

「すまないが、その梅吉って中間に逢わせちゃあくれないか」

半次は頼んだ。

戌の刻五つ半（午後九時）が過ぎた。

「そろそろ行きますか……」

善兵衛は猪口を置いた。

「うむ……」

本間精之助は猪口の酒を呷り、刀を手にして立ち上がった。

行燈の明かりは、油が切れ掛かってきたのか音を鳴らして小刻みに揺れた。

新吾と半兵衛は、路地に身を潜めた。

本間と善兵衛が、小料理屋『初音』から女将と一緒に出て来た。

本間と善兵衛は、女将に見送られて湯島天神門前町を出て神田川に向かった。

「お気を付けて……」

新吾と半兵衛は追った。

神楽坂の本多屋敷の甍《いらか》は、月明かりを浴びて蒼白く輝いていた。

浅吉は、善國寺門前の茶店の路地に潜んで矢崎兵部が出て来るのを待った。

亥の刻四つは近い……。

矢崎が帰る刻限が近づいていた。

浅吉は待った。

本多屋敷の前に町方の男がやって来た。

誰だ……。

浅吉は、男の顔を見定めようとした。その時、町方の男は振り返り、鋭い眼差しで辺りを透かし見た。

半次の親分……。

浅吉は苦笑し、茶店の路地を出た。

半次は、浅吉に気付いて駆け寄って来た。

「こりゃあ半次親分……」

浅吉は、半次に小さく会釈をした。

「ご苦労だな、浅吉。矢崎さまの碁はまだ終わっちゃあいないんだな」

「ええ、何か……」

「うん。本間と善兵衛、湯島天神門前の小料理屋で落ち合っている。半兵衛の旦那と新吾さんの睨みじゃあ、今夜やる気だ」

半次は、厳しい面持ちで囁いた。

「あっしもそう思います。矢崎が碁を終えて帰るのは、いつも亥の刻四つだそうです」

「亥の刻四つか。もう直《じき》だな」

「ええ。亥の刻四つは、牛込御門や小石川御門の見附門はとっくに閉まっています。ですから、矢崎たちは水道橋を渡らなければなりません」

浅吉は、矢崎兵部の帰り道を読んでみせた。

「成る程。って事は神田川の北岸を通って帰るか」

「きっと……」

浅吉は頷いた。

間違いない……。

半次は、浅吉の読みの確かさに気付いた。

潜り戸の軋む音が響き、本多屋敷から矢崎兵部が家来の若松と中間の竹松を従えて出て来た。

浅吉と半次は、路地の暗がりに潜んだ。

矢崎は、見送りの本多家の家来たちの挨拶を受け、竹松の差し出す提灯に先導されて神楽坂を下り始めた。

「親分……」

「ああ……」

浅吉と半次は、矢崎兵部たちを追った。

神田川の北岸は、湯島聖堂から牛込御門揚場町まで武家屋敷が続いている。

本間と善兵衛は、神田川に架かる水道橋を渡らず、袂を通り過ぎた。

「行き先、矢崎さまの屋敷じゃありませんね」

新吾は眉をひそめた。

「うん……」

矢崎兵部の屋敷に行くには、水道橋を渡らなければならない。しかし、本間と善兵衛は、水道橋を素通りして尚も進んで行く。

新吾と半兵衛は、暗がり伝いに慎重に尾行した。

行く手に小石川御門が見えて来た。

神楽坂を下りた矢崎たちは、神田川の北岸の道を進んで行く。

浅吉と半次は尾行を続けた。

矢崎たちの行く手に船河原橋が見えて来た。

船河原橋は、江戸川が神田川と合流する地点に架かっている。

矢崎たちが、船河原橋に差し掛かった。

亥の刻四つの鐘が遠くで鳴った。

本間精之助が、行く手の闇からふらりと現れた。

中間の竹松の提灯に足許を照らされた矢崎は、家来の若松を従えて船河原橋を渡り始めた。

本間は、ゆったりとした足取りで矢崎たちに近づいた。

「親分……」

「ああ」

半次と浅吉は焦った。

本間と矢崎たちが擦れ違い掛けた。

「危ない。逃げろ」

刹那、新吾の声が夜空に響いた。

矢崎が驚いた。

本間の刀は蒼白い閃光を放った。

時は止まった。

本間は残心の構えを取り、矢崎は凍てついたように立ち竦んだ。

新吾、半兵衛、浅吉、半次は、息を詰めて立ち尽くした。

矢崎は、呆然とした面持ちで短く呻き、首から血を噴き上げてゆっくりと廻りながら倒れた。

中間の竹松は、悲鳴をあげて提灯を投げ出し、転がるように逃げた。

提灯が赤く燃え上がった。

新吾、半兵衛、浅吉、半次が一斉に動いた。

「おのれ……」

矢崎の家来の若松が、悲鳴のように叫びながら本間に斬り掛かっていく。

本間は素早く躱《かわ》した。だが、若松は構わず刀を激しく振り廻した。本間は、苦笑しながら若松をあしらった。

「本間さん、役人だ。逃げろ」

善兵衛が闇から現れて告げた。

本間の顔が僅かに歪んだ。

若松が激しく斬り込んだ。本間は若松の刀を見切り、鋭く踏み込んで横薙ぎの一閃を放った。若松は胸元を斬られ、船河原橋の欄干に弾き飛ばされて倒れた。

本間は、肩で大きく息をついて小さな咳を洩らした。

「本間さん……」

新吾は、半兵衛、浅吉、半次たちと本間と善兵衛を取り囲んだ。

本間と善兵衛は、船河原橋の上に立ち竦んだ。

「神代さんか……」

本間は、哀しげな笑みを浮かべた。

「本間精之助、弁天堂善兵衛、神妙にするんだね」

半兵衛は、居合いに構えて静かに本間と向かい合った。

「田宮流抜刀術ですか……」

「遠慮はしないよ」

半兵衛は小さく笑った。

「望むところです」

本間は、嬉しげな笑みを浮かべた。

嬉しげな笑みは、死を覚悟したものだ……。

新吾は気付いた。

本間と半兵衛は対峙した。

新吾、浅吉、半次は息を詰めて見守った。

不意に本間が苦しく顔を歪めた。

半兵衛は無論、新吾、浅吉、半次は戸惑った。

次の瞬間、本間は掌で口元を抑えて込み上げる咳をした。

新吾は眉をひそめた。

本間は、身体を揺らして激しく咳をしながら倒れ込んだ。

刀が落ちて鈍い音を鳴らした。

「本間さん……」

新吾は、倒れた本間に駆け寄った。

本間は、口元と掌を血に染めて意識を失い掛けていた。

「しっかりしろ、本間さん……」

新吾は叫んだ。

矢崎を一太刀で絶命させ、若松をあしらって斬り棄て、半兵衛と厳しく対峙した緊張は、本間の五体に致命的な負担になったのだ。

本間は、哀しげな笑みを浮かべて意識を失った。

「半次、医者だ」

半兵衛は、半次に命じた。

「はい」

半次は駆け出そうとした。

「半次の親分、それには及ばない」

新吾は半次を止めた。

「新吾……」

半兵衛は眉をひそめた。

「ええ……」

新吾は頷いた。

本間の顔には、すでに死相が浮かんでいた。

浅吉、半兵衛、半次は、小さな吐息を洩らした。

死は、本間精之助に確実に迫っている。

それは、労咳を患ったと知った時から覚悟していた事なのだ。

本間は、意識を失ったまま絶命した。

新吾は静かに手を合わせた。

「半次……」

半兵衛は、立ち尽くしている善兵衛を示した。半次は、献残屋『弁天堂』善兵衛に捕り縄を打った。善兵衛は、抗《あらが》いもせずに捕り縄を受けた。

本間精之助は、妻の香苗と小一郎に心を残して死んだ。

旗本の矢崎兵部は、奥祐筆組頭の役目を笠に着て騙りを働き、その報いを受けて死んだ。

矢崎の家族と親類の者たちは、兵部の死を病死と公儀に届け出た。だが、半兵衛は兵部の死に潜む騙りを公にした。公儀は、矢崎家の家禄を没収して断絶させた。

献残屋『弁天堂』善兵衛は、本間精之助や菓子屋の娘の事を一切語らず、沈黙を守ったまま死罪の裁きを受けた。

本間精之助は、人斬り屋として得た六十両の金を香苗と小一郎に残して死んだ。

六十両の金は、本間が労咳に苦しみながら命を削って稼いだ金なのだ。

香苗は驚いた。そして、精之助が命懸けで残してくれた金を押し戴いて嗚咽を洩らした。

「心残りか……」

「はい」

新吾は、本間精之助の心残りを半兵衛に伝えた。

「分かった。善兵衛が何も云わずに死ぬ限り、本間精之助が人斬り屋だと知っているのは斬られた者だけだ……」

半兵衛は苦笑した。

小一郎は声を張り上げて素読をし、木刀の素振りを元気に百回し、徳山寺の境内で遊んでいた。

香苗は素読を教え、木刀の素振りを見守り、本間の代わりを務めていた。

小一郎は、死んだ父親に見せるかのように元気な毎日を過ごしていた。

今のところ、本間精之助の心残りは心配ない……。

新吾は、徳山寺の本堂の階に腰掛け、賑やかに遊び廻る小一郎を見守った。
晩秋の風は枯葉を散らし、裸になった木々の枝を淋しげに揺らした。

第二話

赤い桜

一

寒さは日毎に厳しくなり、養生所には風邪をひいた患者が多くなった。

脇腹を刺された患者が担ぎ込まれた。

患者は、おとよという名前の三十五歳になる女だった。おとよは、長屋の自宅で脇腹から血を流して気を失っていたところを隣のおかみさんたちに発見され、養生所に担ぎ込まれたのだ。

おとよの住む家は、根津権現《ねづごんげん》裏の千駄木《せんだぎ》町にある日暮長屋だ。

日暮長屋の大家と住人たちは、おとよを戸板に乗せて団子坂から白山《はくさん》権現を抜けてやって来た。

養生所外科医の大木俊道は、介抱人のお鈴と共におとよを裸にして傷の具合を診た。

おとよは意識を失ったままだった。

傷は刺し傷であり、出血は多かったが深い致命的なものではなかった。

「血の割には浅手だな……」

俊道は、傷口を丁寧に洗って傷の中を調べた。幸いな事に臓腑は傷付いておらず、俊道は手当てをして傷口を縫合した。

「先生……」

お鈴は眉をひそめ、俊道におとよの左肩を示した。おとよの左肩には、痣のように見える赤い桜の花が一輪、彫られていた。

「彫り物か……」

「はい。赤い桜の花です」

「季節外れだな……」

俊道は思わず呟いた。

「えっ……」

お鈴は戸惑った。

「いや。何でもない」

俊道は、的外れな事を云ったのを密かに後悔しながら傷口の縫合を終えた。

お鈴は、おとよに布子を着せて宇平たちを呼び、女病人部屋に運んだ。

おとよは、意識を失ったままだった。

俊道は、心配して残っていた大家におとよをしばらく入室させると告げて帰し、北町奉行所養生所見廻り同心の神代新吾を呼んだ。

新吾は、俊道の診察室を訪れた。

「何か用ですか、俊道先生」

「先程、おとよという三十五歳になる女が担ぎ込まれてね」

「そいつは聞きました。で、どんな具合ですか」

「命に別状はないが、右の脇腹を匕首《あいくち》か何かで刺されていたよ」

「刺されていた」

新吾は眉をひそめた。

養生所の外科医は、訪れた患者の怪我に事件性がある時、見廻り同心に報せる事になっていた。おとよは脇腹を刺されており、俊道は事件性があると判断して新吾に報せた。

「おそらく背後から右利きの者が……」

俊道は、おとよを刺した者の姿の一端を読んだ。

「そうですか。で、そのおとよは……」

新吾は、おとよに事情を尋ねる必要があると判断した。

「そいつが、まだ意識を失っていてね。しばらく入室させるから、好きな時に訊いてくれて結構ですよ」

「分かりました。じゃあ……」

新吾は、俊道の診察室を出ようとした。

「あっ、それからもう一つ……」

俊道が、新吾を呼び止めた。

「なんですか」

「おとよ、左肩に赤い桜の花の彫り物があったよ」

「赤い桜の花の彫り物……」

新吾は戸惑いを浮かべた。

〝彫り物〟とは絵柄を彫った刺青であり、罪人の付加刑として腕や額に入れる〝入墨〟とは違った。

「うん……」

俊道は、事実を伝えただけで、余計な感想は云わなかった。

「分かりました」

新吾は、役人部屋に戻り、火鉢の上で湯気を噴きあげている鉄瓶の湯で、出涸らしの茶を淹れて飲んだ。茶の温かさは、五体の隅々にまで広がった。

赤い桜の花の彫り物……。

新吾は思いを巡らせた。

火鉢の上の鉄瓶は湯気を噴きあげ続けた。

「新吾さん……」

お鈴がやって来て、おとよが意識を取り戻したのを報せた。

新吾は、おとよのいる女病人部屋に急いだ。

蒼ざめた顔のおとよは、焦点の定まらない眼差しで天井を見上げていた。

新吾は、おとよの枕元に座った。

「おとよさん、北町の養生所見廻り同心の神代新吾さまですよ」

お鈴は、おとよに新吾を紹介した。

おとよの焦点の定まっていない眼に怯えが過ぎった。

「おとよ、ちょいと話を聞かせて貰うよ」

新吾は笑い掛けた。

「はい……」

おとよは、緊張を滲ませた面持ちで頷いた。

「誰に刺されたんだ」

「分かりません……」

「分からない……」

新吾は眉をひそめた。

「はい……」

おとよは言葉少なに頷いた。

「じゃあ、何処で刺されたのか覚えているかな」

「昨夜、池之端《いけのはた》の奉公先から長屋に帰る途中、根津権現裏の通りでいきなり。それで夢中で逃げて……」

おとよは、思い出しながら告げた。

「日暮長屋の家に辿り着いたのか」

「はい……」

「奉公先、池之端の何処なんだ」

「不忍池の傍の仲町二丁目にある松葉という料理屋で通いの仲居をしています」

おとよは伏し目がちに答えた。

「仲町二丁目の松葉か……」

「はい」

「じゃあ昨夜、奉公先の松葉からの帰り、根津権現の裏の通りでいきなり刺されたんだな」

「はい……」

「どうして刺されたのか、分かるかな」

「いいえ……」

おとよは、恐ろしげに首を横に振った。

「刺したのは男かな」

「はい……」

刺した男は、知り合いではなく、金が目当てでもない。そして、おとよを手込めにしようとしたわけでもない。

何故、男はおとよを刺したのか……。

女を傷付けて快感を覚える異常な通り魔なのかも知れない。だが、怨恨の睨みも棄てきれない。

「おとよ。お前さん、誰かに恨まれているって事はないのかな……」

新吾は、おとよの反応を窺った。

「恨まれているなんて……。分かりません」

おとよは、疲れたように眼を瞑った。

「新吾さん……」

お鈴が遠慮がちに声を掛けた。

「うん。良く分かった。造作を掛けたな。ま、ゆっくり養生するんだね。じゃあ、お鈴さん」

「はい」

新吾は、後の事をお鈴に頼んで女病人部屋を出た。

中庭には落ち葉が舞っていた。


晩秋の夕陽は雲を薄紅色に染めていた。

根津権現裏は曙の里とも称され、大名の下屋敷や旗本屋敷がある。

日暮長屋は、おかみさんたちの晩飯作りも終わり、亭主たちが仕事から帰って来るのを待ちかねていた。

おとよの家は薄暗く沈み、血の臭いが微かに漂っていた。

新吾は家の中を調べた。

家の中は女の一人暮らしらしく、綺麗に片付けられており、変わった様子は窺えなかった。

長屋の外に、帰って来た父親と迎える子供の声が明るく飛び交った。

新吾はおとよの家を出た。

日暮長屋の家々には温かい明かりが灯り、家族の楽しげな笑い声が溢れていた。

新吾は、薄暮に包まれた根津権現裏の道を不忍池に向かった。それは昨夜、おとよが奉公先から長屋に帰った道筋を逆に辿る事になる。

新吾は、辺りの様子を見廻しながら武家屋敷街を進んだ。常夜燈《じょうやとう》の点在する道に行き交う人は少なく、人通りが途絶える事もある。女が一人で往来するには物騒な処に間違いはない。

根津権現門前町の盛り場の賑わいが夜空に微かに響いていた。

不忍池の畔に出た新吾は、池之端を進んで仲町二丁目の料理屋『松葉』に向かった。

晩秋の風が吹き抜け、不忍池の水面に小波を走らせた。

新吾は池之端を進んだ。やがて、行く手に料理屋『松葉』の行燈が見えた。


三味線の音色が静かに洩れていた。

料理屋『松葉』の女将のおせんは、新吾を座敷に通して茶を差し出した。

「造作を掛けるな」

新吾は礼を云った。

「いいえ。それで神代さま、おとよの怪我の具合、如何なんですか」

女将のおせんは心配した。

「うん。浅手で命には別状はない」

「良かった……」

おせんは僅かに微笑んだ。

「それで女将、おとよがどうして刺されたのか心当たりはないかな」

新吾は茶を啜った。

「さあ。おとよはうちに二年前から奉公していましてね。年増の割りには気立ても器量も良く、お客さまにも評判が良い人でしてね」

おせんは戸惑いをみせた。

「おとよ。男はいないのかな」

「私の知る限りじゃあ、おりませんが……」

「揉めている男とか、袖にした男に恨まれているとかもないのかな」

「おとよ、客あしらいも良く、恨まれているとはとても思えませんが、所詮は男と女。女将の私の知らないところで何があっても不思議はございません」

おせんは苦笑した。

「そりゃあそうだな……」

新吾は頷いた。

「神代さまは、おとよが男の恨みを買って刺されたと……」

「恨みとはいわないが、只の通りすがりの男に訳もなく刺されたとも思えなくてね」

「そりゃあそうですね……」

「おとよ、他の仲居と違うところ、なかったかな」

新吾は訊いた。

「違うところですか……」

おせんは眉をひそめた。

「そういえば去年、お酒に酔ったお武家さま同士が喧嘩をされましてね。刀を抜いてそりゃあ大騒ぎ。私や仲居は慌てて逃げたんですが、おとよは妙に落ち着いていましてね。喧嘩に近寄って様子を窺っていましたよ」

「ほう、そいつは良い度胸だな」

新吾は感心した。

「本当に……。それで、喧嘩が治まってから、怖くなかったかいと尋ねたら、照れ臭そうに笑いましてね。何だか、喧嘩や斬り合いに慣れているようでしたよ」

おせんは、思い出したように頷いた。

喧嘩や斬り合いに慣れていた……。

それは、おとよの昔の断片なのかもしれない。

「女将、おとよの素姓と、ここに奉公する前、何をしていたのか分かるかな」

「おとよ、あまり自分の事は云わないんですが、死んだ亭主は貧乏浪人で、うちに来る前には、日本橋の春木屋って呉服屋に奉公していたと聞いた覚えがありますよ」

貧乏浪人の女房で日本橋の呉服屋『春木屋』に奉公していた。

武士の喧嘩や斬り合いに慣れているのは、浪人の女房だったからなのか……。

新吾は思いを巡らせた。

「あの、女将さん……」

仲居が女将のおせんを呼びに来た。

「なんだい……」

新吾は、帰る潮時に気が付いた。

湯島天神男坂下の飲み屋『布袋屋』の軒下には、火の灯された真新しい赤提灯が揺れていた。

新吾は、酒を美味そうに飲んだ。

「おとよか……」

浅吉は酒を啜った。

「うん。どう思う……」

「何かありそうだな」

「浅吉もそう思うか……」

「ああ。恨みかどうかは分からねえが、やった男はおとよと知り合いだろうな」

「じゃあ、おとよは刺した男を庇っているって事か……」

「きっとな……」

浅吉は手酌で酒を飲んだ。

「刺されたのに庇うとなると、只の関わりじゃあないな」

新吾は眉をひそめた。

「ああ。よし、おとよの身の周り、ちょいと探ってみるか……」

浅吉は猪口の酒を飲み干した。

「ありがたい。そうしてくれるか」

新吾は笑みを浮かべ、浅吉の猪口に酒を満たした。

「下手な芝居を打ちやがって。探らせたかったら素直に云えってんだ」

浅吉は苦笑し、猪口に満たされた酒を飲んだ。

「おう。出来たぜ。けんちん汁……」

亭主の伝六が、湯気のあがるけんちん汁を新吾と浅吉に持って来た。

「こいつは美味そうだ」

新吾は、胡麻油の香りのするけんちん汁を啜った。

「美味い……」

新吾と浅吉は、湯気を吹き分けてけんちん汁に舌鼓を打った。

「そうだろう。美味いだろう」

伝六は得意げに笑った。


養生所の病人部屋には、様々な寝息や鼾《いびき》が入り混じっていた。

おとよは、暗い闇をじっと見つめていた。

暗い闇に、若い男の恨めしそうな顔が浮かんだ。

「平吉《へいきち》……」

おとよは思わず呟いた。

脇腹の傷に鋭い痛みが貫いた。

おとよは、布子の袖を嚙んで痛みに耐えた。

夜風は雨戸を微かに鳴らしていた。


御用部屋は手焙りが置かれているだけで寒かった。

新吾は、年寄役同心におとよが刺された事件を報告した。

「ご苦労でした」

年寄役同心は新吾を労い、おとよの襲撃事件を引き取った。だが、北町奉行所が定町廻り同心・臨時廻り同心・隠密廻り同心の三廻りの誰かに命じて探索を始めるか、大した事件ではないと判断して放置するかは分からない。

いずれにしろ、事件は新吾の手を離れた。

後は俺が好きでやる事だ……。

新吾は、北町奉行所の表門に向かった。

「神代さま……」

表門の門番の処に養生所の下男の宇平がいた。

「宇平じゃあないか……」

新吾は戸惑った。

「へい」

宇平は、急いで来たらしく全身で息をついていた。

「何かあったのか」

新吾は眉をひそめた。

「はい。昨日、担ぎ込まれたおとよさんが、いなくなりました」

宇平は喉を引き攣らせた。

「なに……」

「それで、俊道先生が神代さまに急いで報せろと仰って……」

「分かった。宇平は後からゆっくり来い」

新吾は、養生所のある小石川を目指して走り出した。


神田川には紅葉が流れていた。

新吾は、神田川に架かる昌平橋《しょうへいばし》を渡り、湯島から本郷通りに行こうとした。

千駄木の日暮長屋……。

おとよは、養生所を脱け出して日暮長屋の自分の家に戻ったのかも知れない。

新吾は、本郷通りに行くのを止め、不忍池に抜ける明神下の通りを走り出した。

不忍池から根津権現、そして千駄木……。

新吾は急いだ。

千駄木の日暮長屋はおかみさんたちの洗濯も終わり、静けさに覆われていた。

新吾は、長屋の木戸を潜って奥にあるおとよの家に向かった。

「戻っているのか、おとよ」

新吾は腰高障子を開けた。

狭い家の中は薄暗く、人の気配はなく冷たさが漂っていた。だが、昨日来た時とは違い、家の中の行李や戸棚、そして天井などに家捜しをした跡が見て取れた。

新吾は、油断なく家の中を見廻した。だが、家捜しをした者とおとよが戻って来た痕跡は見当たらなかった。

家捜しをされたのはおそらく昨日の夜中であり、おとよが養生所からいなくなったのもその頃に違いない。

誰が何を探したのか……。

おとよは何処に行ったのか……。

新吾は、おとよの家を出て養生所に向かった。

遊び人風の男が、日暮長屋の木戸の陰から現れて新吾の後を追った。

新吾は、団子坂から白山権現に抜けて小石川養生所に急いだ。

遊び人風の男は、充分な距離を取って新吾を追った。新吾は、白山権現の東の鳥居を潜って境内に入った。その時、新吾は背後を来る遊び人風の男に気が付いた。

尾行者……。

新吾は背後を窺った。遊び人風の男は、素早く物陰に隠れた。

勘違いか……。

新吾は境内を抜け、南の鳥居から白山権現を出て逸見坂から養生所に入った。

遊び人風の男は、嘲笑を浮かべて見送った。

二

養生所に入った新吾は、大木俊道の診察室に向かった。

「俊道先生……」

「やあ……」

俊道は、火傷をした患者の治療を終えたばかりだった。

「おとよがいなくなったそうですね」

「うん。夜明け前に出て行ったようだ」

俊道は眉をひそめた。

「何者かが忍び込んで連れ去った様子はありませんか……」

新吾は身を乗り出した。

「宿直《とのい》の医生と介抱人、それに下男たちは何も気付かなかったそうだ。ま、自分で調べてみてくれ」

「ええ。ところでおとよ、養生していなくて大丈夫なのですか」

「そりゃあ、傷口が塞がるまで養生していた方が良いのに決まっているが、縫った傷口が開かない限りは大丈夫だよ」

「それならいいが。じゃあ……」

新吾は、女病人部屋に行った。


女病人部屋には薬湯の匂いが満ち溢れていた。

新吾は、お鈴と一緒におとよのいた女病人部屋に入った。

蒲団と布子はきちんと畳まれ、薬湯の入った土瓶と湯呑茶碗が盆の上に片付けられていた。

「蒲団や布子、誰が畳んだんだい」

新吾はお鈴に尋ねた。

「今朝来たらこうなっていましたから、おとよさん、きっと出て行く前に畳んだのです」

「そうか……」

おとよは、自分で蒲団などを片付けていた。

それは、おとよが自分の意思で養生所を出て行った証になる。

誰かに連れ去られたのではない……。

新吾は、女病人部屋を出て濡縁に佇み、庭を見廻した。

「雨戸、何処か開いていなかったかな」

「おとよさんの部屋の前の雨戸が、少し開いていました」

新吾は、お鈴が示した雨戸の外を入念に調べた。だが、地面に女の足跡はなかった。おとよのいた女病人部屋や濡縁、雨戸の外の何処にも争った痕跡はなかった。

おとよは、自らの意思で養生所を出て行ったのだ。

新吾はそう判断した。

何故だ。何故、おとよは養生所から出て行った。そして、何処に行ったのだ……。

新吾は戸惑いに包まれた。

新吾は、宿直の下男たちに朝の様子を尋ねた。

養生所は、夜明けと共に宿直の下男が門を開けて掃除を始める。

「その時、おとよは誰もいなくなった門からこっそり出て行ったのかも知れないな」

「きっと……」

若い下男の五郎八《ごろはち》は頷いた。

「それから神代さま。昨日、養生所を見張っているような男がいましてね」

五郎八は眉をひそめた。

「見張っているような男……」

新吾は、思わず辺りを見廻した。だが、辺りに不審な男はいなかった。

「はい。御薬園の陰からこっちを見ていまして、手前も睨み返してやったんです」

「どんな男だ」

新吾は緊張した。

「派手な半纏を着ていて、遊び人というか博奕打ちというか、得体の知れない野郎でしてね。いなくなったおとよさんと関わりがあるかどうかは分かりませんが……」

五郎八は遠慮がちに告げた。

おとよに関わりがある……。

新吾の直感が囁いた。

「五郎八、おそらくその野郎、おとよがいなくなったのと関わりがある筈だ」

その男は、おとよが怪我をして養生所に担ぎ込まれたと知り、見張りを始めたのだ。

何者だ……。

おとよの素姓には、まだまだ分からない事が多い。見張っていた男が何者か分かれば、おとよの素姓もはっきりする。そうすれば、おとよが脇腹を刺された理由と背後に潜むものも見えてくる。

「五郎八、もしそいつが再び現れたら、俺に報せてくれ」

「承知しました」

五郎八は頷いた。

新吾は、おとよの住む日暮長屋から養生所に来る間、尾行されたと勘違いしたのを思い出した。だが、勘違いだと思った尾行は、本当だったのかも知れない。

仮に本当だとすれば……。

新吾は思いを巡らせた。

日本橋本石町二丁目の通りは、行き交う人で賑わっていた。

浅吉は、おとよが二年前まで奉公していた呉服屋『春木屋』を探した。

呉服屋『春木屋』は潰れていた。

浅吉は、潰れた理由を聞き廻った。そして、『春木屋』が二年前に盗賊の押し込みに遭って身代を失い、潰れたのを知った。

盗賊の押し込み……。

浅吉は、思わぬ理由に戸惑った。

押し込んだのは、緋桜《ひざくら》の重五郎《じゅうごろう》という盗賊であり、その後は鳴りをひそめて未だに捕まってはいなかった。

盗賊・緋桜の重五郎一味が、呉服屋『春木屋』に押し込んだのは、おとよが奉公を辞めたひと月後だった。

緋桜の重五郎……。

浅吉は、おとよの左肩に赤い桜の花の彫り物があるのを新吾から聞いていた。

おとよの左肩の赤い桜の彫り物……。

盗賊・緋桜の重五郎……。

そして、両方とも呉服屋『春木屋』に関わりある……。

おとよと重五郎には、幾つかの関わりがある。それは只の偶然なのか、それとも意味のある事なのかは分からない。もし、意味があるとしたら、おとよが刺された件と繋がりがあるといえる。

いずれにしろ、おとよの身辺と昔を調べれば、思わぬ事がもっと出て来るかも知れない。

浅吉は、おとよの身辺と昔を調べ続けた。

陽は西に傾いた。

養生所に一晩だけしか泊まらなかったおとよは、親しく話し合う患者仲間や介抱人もいなく、その痕跡も残してはいない。そして、日暮長屋に戻っていないとなると、探す手立てもない。

新吾は、下男の五郎八を呼んで何事かを頼んだ。

「どうだ」

「へい。お任せ下さい」

五郎八は張り切って頷いた。

通いの患者も途絶え、夕暮れ時が近づいた。

新吾は、宇平に見送られて養生所の門を出た。そして、御薬園前から逸見坂を抜け、白山権現に向かった。

遊び人風の男が、御薬園の陰から現れて新吾の後を追った。昼間、新吾を尾行した男だった。

新吾は、白山権現の南の鳥居から境内に入り、拝殿に手を合わせて東の鳥居を抜けた。

遊び人風の男は尾行した。

新吾は、足取りを変えずに千駄木の日暮長屋に向かった。

ひょっとしたら、おとよは帰って来ているかも知れない……。

新吾は淡い期待を抱き、日暮長屋の木戸を潜った。

夕暮れ時の長屋の井戸端は、夕御飯の仕度をするおかみさんたちで賑わってい
た。

新吾はおとよの家を覗いた。家の中に人の気配はなかった。

「お役人さま、おとよさんなら養生所ですよ」

長屋のおかみさんの一人が、眉をひそめて告げて来た。

「そうか。養生所か……」

おとよは、長屋の家に戻っていない……。

少なくとも長屋の住人たちに、その姿を見せてはいないのだ。

「ええ……」

おかみさんたちは、新吾を値踏みするかのように見ながら頷いた。

「邪魔をしたな」

新吾は、日暮長屋を後にして根津権現に向かった。

遊び人風の男が、木戸の陰から現れて新吾の後を追った。

根津権現の境内には、夕陽に影を長く伸ばして手を合わせる参拝客が僅かにい

るだけだった。

新吾は、拝殿に手を合わせながら周囲を窺った。そして、自分を見つめている視線に気が付いた。

尾行者……。

新吾は、それとなく見つめている視線の先を追った。

遊び人風の男が、境内の植え込みの陰から新吾を見張っていた。

新吾は見定め、植え込みの陰に潜んでいる遊び人風の男を見据えて近づいた。

遊び人風の男は立ち竦んだ。

「神代さま。その野郎ですぜ」

下男の五郎八が、拝殿の陰から現れて叫んだ。

遊び人風の男は、弾かれたように派手な半纏を翻して逃げた。

次の瞬間、新吾は万力鎖を投げ打った。

万力鎖は長さ二尺の鎖の両端に分銅がついている捕物道具である。

万力鎖は唸りをあげて飛び、遊び人風の男の首に絡み付いた。

遊び人風の男は、苦しげな呻き声を短くあげて仰け反った。

新吾は、遊び人風の男に猛然と飛び掛かった。二人は縺《もつ》れ合って倒れた。

「放せ、馬鹿野郎」

遊び人風の男は苦しげに抗った。新吾は押さえ付け、殴り飛ばした。五郎八が駆け付け、遊び人風の男の腹を蹴飛ばした。遊び人風の男は悲鳴をあげた。そして、新吾が当て落とした。遊び人風の男は気を失った。

「造作を掛けたな」

新吾は五郎八を労った。

「いいえ。どうって事はありませんよ」

五郎八は新吾と打ち合わせをし、尾行する者を誘き出す事にした。

尾行者は、新吾が養生所を出た時、御薬園の陰から現れて追った。

五郎八は、尾行者が昨日も養生所を見張っていた遊び人風の男だと見定めた。

そして、新吾との打ち合わせ通り、根津権現で捕らえたのだ。

新吾は、遊び人風の男に手際良く捕り縄を打った。

「駕籠を呼んできます」

五郎八は、根津権現の門前町にある立場に走った。

根津権現の境内は青い夕暮れに包まれた。

暗い土蔵の中には薬草の匂いが漂っていた。

重い格子戸が開けられ、五郎八が手燭を持って入って来た。五郎八は、手燭の火を柱に掛けられた燭台に移した。明かりは辺りを仄かに照らした。

新吾は、縛って猿轡を嚙ました遊び人風の男を連れ込み、冷たい床に転がした。遊び人風の男は、気を失ったまま微かに呻いた。

「五郎八、明かりを……」

「はい」

五郎八は、手燭の明かりを遊び人風の男に近づけた。新吾は、遊び人風の男の懐を探り、財布と手拭、そして匕首などを取り出した。

新吾は匕首を抜いた。匕首の刃先は微かに曇っていた。

「神代さま、この匕首でおとよさんを……」

「いや。違うな。刃先に血を拭った痕はあるが、かなり前のものだよ」

新吾は眉をひそめた。

「そうですか……」

五郎八は、残念そうに肩を落とした。

新吾は、次に財布の中を検めた。

財布には、小判が一枚と一朱金が二枚、数枚の文銭が入っていた。

「野郎、結構なお大尽じゃありませんか……」

五郎八は吐き棄てた。

「ああ……」

新吾は苦笑し、尚も財布の中を探った。中から赤い桜の花の絵だけが描かれた千社札が出て来た。

「名前のない千社札ですか……」

五郎八が眉をひそめた。

「うん……」

新吾は千社札の裏を見た。

裏には『鶴吉《つるきち》へ、おとよを見張れ』と書き記されていた。

「野郎が鶴吉ですかね」

五郎八は、気を失っている遊び人風の男を示した。

「どうやらそうらしいな」

「だらしのねえ面して、鶴吉ってより熊吉か猪之吉ってところですよ」

五郎八は嘲笑った。

遊び人風の男の鶴吉は、何者かにおとよの見張りを指示されていた。その指示をした者は、赤い桜の花の絵だけの千社札の持ち主なのだ。

赤い桜の花……。

おとよの左肩に赤い桜の花の彫り物がある……。

新吾は、大木俊道の言葉を思い出した。

赤い桜の花の千社札の持ち主は何者か……。

おとよとはどんな関わりなのだろうか……。

新吾は思いを巡らせた。

燭台の明かりが揺れた。

鎌倉河岸の傍にある小料理屋は、常連客たちが静かに酒と肴を楽しんでいた。

浅吉は、潰れた呉服屋『春木屋』の通いの番頭だった富次郎《とみじろう》を探し出し、家の近くの小料理屋に誘った。

「女中のおとよですか……」

「ええ。春木屋さんに奉公していた頃、どんな風だったか、教えちゃあいただけませんか」

浅吉は、富次郎の猪口に酒を満たした。

「おとよ、どうかしたのですか」

「ええ。ちょいと怪我をしましてね……」

「怪我……」

富次郎は眉をひそめた。

「ええ……」

「男と揉めたのかな……」

富次郎は、首を捻りながら酒を啜った。

「男……」

「おとよは年増ですが、あの器量です。云い寄る男も多勢いましてねえ」

「じゃあおとよ、男出入りが激しかったんですかい」

「いえ。それが亭主がいるとかで、男に見向きもしませんでしたよ」

「亭主……」

「ええ。一年の殆ど、薬草の買い付けで諸国を巡り歩いていると云っていましたが、今はどうしているのか……」

富次郎は酒を飲んだ。

浅吉は戸惑った。

新吾の話では、おとよの亭主は貧乏浪人で、すでに死んでいる筈だった。だが、二年前まで奉公していた呉服屋『春木屋』では、亭主は生きていて薬草の買い付け屋をしている事になっている。

おとよに亭主はいるのか、いないのか……。

浅吉に疑念が湧いた。

おとよが刺されたのは、そうした事に関わりがあるのか……。

疑念は否応なく募った。

富次郎は、淋しげに酒を啜った。

呉服屋『春木屋』が緋桜の重五郎に押し込まれ、身代の殆どを奪われて潰れて以来、富次郎は隠居し、孫のお守りをして毎日を過ごしていた。

「ところで、二年前春木屋さんに緋桜の重五郎が押し込んだ時、番頭さんは鎌倉河岸の家に帰っていたんですね」

「ええ。通いのお蔭で命拾いをしたが、旦那さまはお気の毒な事をしました」

呉服屋『春木屋』平左衛門《へいざえもん》は、緋桜の重五郎に殺されていた。

富次郎は、哀しげな面持ちで酒を飲んだ。

「そいつは、旦那さまが金蔵を開けなかったからですか」

「いいえ。後で奉公人たちに聞いたんですが、盗人たちは金蔵の場所を知っていて、金蔵の合鍵も持っていたそうです」

「金蔵の合鍵を持っていた……」

浅吉は眉をひそめた。

「はい。旦那さまは金を奪われるのを、黙って見ていられなくなって武者ぶりつき、殺されたと聞きました」

富次郎は鼻水を啜った。

「番頭さん、盗人はどうやって春木屋に忍び込んだのですかい」

「それが良く分からないのです」

「分からない……」

「ええ。真夜中にいつの間にか忍び込んでいたとか……」

「そうですか……」

金蔵の場所と合鍵……。

呉服屋『春木屋』には、緋桜の重五郎たち盗賊と通じている者がいた。

浅吉はそう睨んだ。

その通じている者はおとよなのか……。

だが、おとよは重五郎たち緋桜一味が押し込むひと月前に『春木屋』を辞めている。おそらく押し込みの後、役人に調べられる事はなかった筈だ。逆に考えれば、盗賊の押し込みがあるから、先に辞めたともいえる。

おとよは、盗賊・緋桜の重五郎一味なのかも知れない……。

浅吉は、おとよに新たな疑惑を抱いた。

小料理屋は、夜が更けるとともに客で賑わってきた。


暗い小部屋には、小川の軽やかに流れる音が微かに響いて来ていた。

おとよは蒲団に横たわり、天井を見つめていた。だが、天井は暗く、見えるのは闇ばかりだった。

おとよは、夜明け前に宿直の者たちの眼を盗んで養生所を脱け出した。そして、石神井用水の流れる根岸の里にやって来て、真行寺の庫裏《くり》の戸を叩いた。真行寺の住職の光念《こうねん》は、おとよを庫裏の奥の小部屋に寝かせた。

おとよは、天井の闇を見つめていた。

これからどうすればいいのだろう……。

不意に泣き出しそうな平吉の顔が闇に浮かんだ。

平吉……。

おとよは、脇腹の刺し傷より、左肩の赤い桜の花の彫り物に痛みを覚えた。

三

大囲炉裏に盛られた炭は真っ赤に熾《お》き、掛けられた釜から湯気が立ち昇っていた。

「赤い桜の花の千社札か……」

北町奉行所臨時廻り同心の白縫半兵衛は、新吾に見せられた千社札に眉をひそめた。

「ご存知ですか……」

新吾は身を乗り出した。

「うん。噂だけだがね。緋桜の重五郎って盗賊が、押し込み先の金蔵に赤い桜の花の千社札を残していくそうだ」

「盗賊の緋桜の重五郎……」

新吾は驚いた。

捕らえた鶴吉は、盗賊の緋桜の重五郎の一味なのだ。

盗賊・緋桜の重五郎は、関八州を荒し廻っている盗賊であり、数年に一度の割で江戸の大店に押し込んでいた。緋桜一味の押し込みは、時を掛けて入念に仕度がされ、風のように行われた。そして、金蔵には赤い桜の花の千社札が残された。

「盗人らしい盗人ですか……」

新吾は感心した。

「なあに、どんな盗人でも盗人は盗人だ」

半兵衛は厳しさを過ぎらせた。

「はい……」

鶴吉は、緋桜の重五郎の指図でおとよを見張っていた。

おとよは、盗賊の緋桜の重五郎と何らかの関わりがあるのか……。

新吾は、思わぬ成り行きに戸惑った。

「新吾、詳しい事を話してみな」

半兵衛は、釜から湯を汲んで茶を淹れ始めた。

「はい……」

おとよの一件が盗賊に関わりがあるのなら、新吾と浅吉だけの手に負えるわけはない。

「実は……」

新吾は、おとよが脇腹を刺されて養生所に担ぎ込まれたところから話し始めた。

大囲炉裏の赤く熾きた炭が音を立てて爆《は》ぜ、火の粉を散らした。

「そうか……」

半兵衛は、新吾の話を聞き終えて冷めた茶を啜った。

「それで、その男、鶴吉か……」

「はい」

「養生所の土蔵に閉じ込めてあるんだな」

「はい」

「よし。半次を養生所に張り付かせて、鶴吉を締め上げるか……」

「半次の親分を……」

新吾は眉をひそめた。

鶴吉を締め上げるのは分かるが、本湊の半次をどうして養生所に張り付けるのか……。

「うん。鶴吉が消えたら、必ず誰かが様子を窺いに養生所に現れるだろう」

半兵衛は読んだ。

「成る程。そいつに緋桜の重五郎の処に案内させますか……」

新吾は、半兵衛の狙いに気が付いた。

「ま、鶴吉が何もかも白状すれば、無用な事になるけどね」

半兵衛は、楽しげな笑みを浮かべた。


薄暗い土蔵には薬草が干され、その匂いが漂っていた。

鶴吉は、猿轡を嚙まされて柱に縛り付けられていた。

土蔵の頑丈な格子戸が、重々しい軋みを鳴らして開けられた。

光が一気に溢れた。

鶴吉は、眩しげに眼を細めて怯えた。

新吾と半兵衛が、光を背にして入って来た。そして、鶴吉を冷たい笑みを浮かべて見下ろした。

鶴吉は、突き上がる恐怖に懸命に耐えた。

新吾は、鶴吉に目隠しをした。

鶴吉は恐怖に震えた。何も見えなくなるのは、人を不安に陥れる。

新吾は、続いて鶴吉の猿轡を解いた。

鶴吉は、募る恐怖に喉を鳴らした。

「鶴吉、何故、おとよを見張った」

新吾は尋ねた。

「し、知らねえ」

鶴吉は、声を震わせて精一杯の抗いを見せた。

「そうかな……」

新吾は、いきなり鶴吉の頬をひっぱたいた。鶴吉は飛び上がって驚き、懸命に身を縮めた。

相手の動きが見えないのは、常に不意を衝かれる事になる。鶴吉は、身を縮めて自分を護ろうとした。

「鶴吉、お前は盗賊、緋桜の重五郎の一味だな」

新吾は厳しく尋ねた。

鶴吉は、喉を鳴らして沈黙した。

「まあ、いい。おまえが認めなくても、こっちは盗賊として仕置する迄だ」

半兵衛は笑った。

「そんな……」

鶴吉は慌てた。

「そいつが嫌なら素直に答えるんだな。そうすれば、こっちも考えるよ」

半兵衛は笑いの混じった声で誘った。

鶴吉は、吐息を洩らして項垂《うなだ》れた。

「鶴吉、重五郎は何故、おとよを見張るんだ」

半兵衛は尋問した。

「それは、お頭が、姐さんが誰かに刺されて養生所に担ぎ込まれたと聞き……」

「姐さんだと……」

新吾は素っ頓狂な声をあげた。

「へい……」

鶴吉は頷いた。

「鶴吉、緋桜の重五郎とおとよ、どんな関わりなんだ」

半兵衛は眉をひそめた。

「へい。おとよの姐さんは、その昔、お頭の可愛い人でして……」

「なんだと……」

新吾は驚いた。

やはり、おとよは緋桜の重五郎の一味の盗人で愛人だった。

「それで、お頭が心配して……」

緋桜の重五郎は、昔の愛人のおとよの身を心配して鶴吉に見張らせたのだ。

それは、おとよを刺した者が緋桜の重五郎一味の盗賊ではないという事になる。

「重五郎は、誰がおとよを刺したと思っているんだ」

「さあ、そいつは分かりません」

鶴吉は、すでに覚悟を決めているようだ。

「鶴吉、緋桜の重五郎は今、何処にいる」

「旦那、あっしはお頭の千社札を貰っただけでして、江戸にいるのは確かですが、何処にいるかは知りません」

緋桜の重五郎は、己の居場所を隠して鶴吉たち手下に指示を出しているのだ。

「で、おとよの家を家捜ししたのはお前か」

「へい。養生所からいなくなったって噂を聞き、行き先が分からないかと思って……」

「半兵衛さん……」

「うん。目隠しを外してやりな」

半兵衛は、鶴吉の言葉に嘘はないとみた。

「はい……」

新吾は、鶴吉の目隠しを外した。

鶴吉は、視覚を取り戻して深々と溜息を洩らした。

「鶴吉、本来なら大番屋に引き立てなきゃあならねえが、そうすればお前を盗賊として裁かなくてはならん。今しばらくここで大人しくしているんだな」

半兵衛は云い聞かせた。

「へい。旦那、緋桜のお頭たちを必ずお縄にして下さい」

鶴吉は頼んだ。

新吾は戸惑った。

「分かっているよ」

半兵衛は頷いた。

緋桜の重五郎は、すでに鶴吉が消息を断ったのを知っている筈だ。そして、役人の手が伸びたなら、鶴吉が捕らえられて洩らしたと気付き、その命を狙うのに決まっている。

鶴吉は、それを恐れて半兵衛に緋桜の重五郎一味の壊滅を頼んだのだ。

「よろしくお願いします」

鶴吉は、安心したように頭を下げた。

仲間を裏切ってでも己を護る……。

新吾は、盗賊の義理も人情もない非情な世渡りを目の当たりにした。

「ところで鶴吉、おとよは重五郎の昔の女だと云ったが、今は違うのか」

半兵衛は眉をひそめた。

「へい。あっしも聞いた話ですが、おとよの姐さん、今年になって急に盗人から足を洗うと云い出し、お頭に盃を返したそうです。ですが、お頭は今でも未練があるようでして……」

盗賊が足を洗うのは容易ではない。自分の勝手な都合でなら尚更だ。半殺しの目に遭わされるか、殺されるかだ。それなのに、おとよは盃を返して許された。

そこには、緋桜の重五郎のおとよへの気持ちがあった。

「おとよは何故、今年になって急に足を洗うと云い出したんだ」

「さあ……」

鶴吉は首を捻った。

何故、おとよは足を洗ったのか……。

誰が何故、おとよを刺したのか……。

今、おとよは何処にいるのか……。

新吾にとって肝心な事は何一つ分からなかった。

その日から、半次が養生所の見張りにつき、鶴吉を探しに来る者を待った。


隅田川には様々な船が行き交っていた。

浅草今戸町の裏長屋には、赤ん坊の泣き声が響いていた。

浅吉は、大工のおかみさんのおちかを訪ねていた。おちかは、緋桜の重五郎に押し込まれて潰れた呉服屋『春木屋』の女中奉公をしており、おとよと親しかった朋輩だ。

浅吉は、元番頭の富次郎からおとよと親しかった朋輩がおちかだと聞いて訪ねた。おちかは、大工と所帯を持ち、すでに子供もいた。

「おとよさん、どうかしたんですか……」

おちかは、胡散臭げに浅吉を見た。

「ちょいと怪我をしましてね」

「怪我……」

おちかはたじろいだ。

「ええ。もっとも大した事はないんですが、やったのは、どうもおとよさんの昔の知り合いのようでしてね。それで、おとよさんが春木屋に奉公している頃、どんな様子だったか教えて欲しくてね」

「どんな様子だったと云われても……」

おちかは、隅田川の岸辺にしゃがみ込んで、鈍く輝く流れを見つめた。

「年季奉公で扱き使われて、疲れ果てて眠って、何の楽しみもない毎日……。でも、おとよさんは違った。年季はなくて安くても給金が貰えて……。それで、いつもお団子や大福をご馳走してくれた」

おちかは、昔を思い出すように隅田川の流れを見つめた。

「男はいなかったかな……」

「さあ。おとよさん自分の事はあまり云わない人だったから……」

「そうか……」

「でも、いつだったか、店の表を掃除していて血相を変えて台所に戻って来ましてね。どうしたのか訊いたら、若い頃に里子に出した子供に瓜二つの人に逢ったって……」

「子供……」

浅吉は驚いた。

「ええ……」

「おとよさんに子供がいたのか」

「ええ。男の子……」

「男の子……」

浅吉は呆然と呟いた。

良く考えて見れば、三十五歳のおとよに子供がいても何の不思議もないのだ。

「おちかさん、その子は何処にいるのか知っているかい」

「いいえ。おとよさん、子供の事だってはっきり云わないのに、何処にいるかなんて……」

「分からないか……」

浅吉は眉をひそめた。

「ええ。それからおとよさん、春木屋を辞めて……おとよさんとはそれっきり。

それから、春木屋は盗人に押し込まれて……」

「春木屋は潰れましたか……」

「ええ。そのお蔭で年季も消えて、私は今の亭主と所帯を持ったんですよ」

おちかは小さな苦笑を浮かべた。

おとよには男の子がいた……。

浅吉は、新たな事実に少なからず動揺していた。

隅田川を風が冷たく吹き抜けた。


養生所は通いの患者で混雑していた。

半次は、表門の傍から外を見張っていた。

「半次さん……」

お鈴が眉をひそめてやって来た。

「どうした、お鈴さん……」

「妙な患者さんがいるのよ」

「どんな奴だい」

「若い男の人で風邪を引いて来ているんですが、診察の順番次々と譲って……」

混んでいる養生所で順番を譲るのは、あまりない事だ。

半次は、お鈴の懸念が良く分かった。

「どいつだ……」

半次はお鈴を促した。

玄関脇の溜まりは、通いの患者が診察の順番を待っていた。

お鈴は、半纏を着た若い男を示した。

半次は、物陰から若い男を見守った。

若い男は、落ち着かない風情で病人部屋を気にしていた。

事件に関わりがある……。

半次の勘が囁いた。

四半刻が過ぎた。

若い男は、順番を譲り続けて診察を受けずに養生所を出た。そして、辺りを見廻し、御薬園前から逸見坂に向かった。

半次は追った。

若い男は、逸見坂から白山権現に抜け、千駄木の方に急いで行く。

何処に行くのか……。

半次は尾行を続けた。


根岸の里には、枯葉を燃やす煙が長閑にたなびいていた。

真行寺の裏庭は日差しに溢れていた。

おとよの脇腹の傷は経過も良く、縁側の日溜りに座っていられるようになった。

おとよは、裏庭を眩しげに眺めていた。

「入るぞ、おとよ……」

住職の光念が小部屋の襖を開けた。

薬湯の匂いが漂った。

「おとよ、薬を煎じて来た」

光念は、薬を煎じた土瓶と湯呑茶碗を乗せた盆を持って来た。

「申し訳ありません」

おとよは光念に頭を下げた。

「いやいや、気遣いは無用だ」

光念は、土瓶の煎じ薬を湯呑茶碗に注ぎ、おとよに差し出した。

「さあ、飲みなさい」

「はい……」

おとよは煎じ薬を飲んだ。

真行寺住職の光念は、旗本家の家来だったが、遊廓の女郎と揉めて屋敷を追放された。友人だったおとよの父親は、そんな光念に仏門に入る事を勧めた。光念は仏の道の修行をした。やがて、光念は根岸の里の真行寺を預る住職になり、おとよの父親を恩人と感謝した。そして、貧乏浪人だったおとよの父親は病に倒れて死んだ。光念はおとよの父親を懇《ねんご》ろに弔ってくれた。

光念は、おとよに怪我をした理由を訊かずに受け入れた。

「光念さま、私が誰にどうして刺されたかお尋ねにならないのですか……」

おとよは、空になった湯呑茶碗を手にしたまま裏庭を眺めた。

「誰にどうして刺されたかを知ったところで、坊主の私には何もしてやれぬ」

「光念さま……」

「すべてはおとよの業。人としての今までの生き方が招いた事。苦しみながら己で乗り越えるしかあるまい」

光念は微笑んだ。

「はい……」

おとよは頷いた。

「うむ。ではな……」

光念は小部屋を出て行った。

おとよは頭を下げて見送った。

光念の云うように、苦しみながら自分で乗り越えるしかないのだ。

おとよは、父親が死んで天涯孤独の身となり、茶店に奉公して浪人の桜井《さくらい》重五郎と出逢った。やがて、重五郎が盗賊の頭だと知ったが、離れる事は出来なかった。おとよは、盗賊・緋桜の重五郎の一味になるしかなかった。そして、重五郎の子を産んだ。

「平吉……」

おとよは、冬の陽を淋しげに見上げた。

四

養生所を出た若い男は、千駄木団子坂から谷中の天王寺に抜け、浅草に向かって行く。

浅草に出た若い男は、広小路を抜けて隅田川に架かる吾妻橋に急いだ。吾妻橋を渡ると本所だ。

本所の何処に行く……。

半次は、若い男の行き先を読みながら長さ七十八間の吾妻橋を渡った。

若い男は、吾妻橋を渡って大川沿いを両国橋に下った。そして、公儀の材木蔵である御竹蔵の裏を抜け、本所竪川二つ目之橋に出た。

半次は、若い男に続いて二つ目之橋を渡った。

若い男は、林町一丁目にある仕舞屋に入った。

半次は見届けた。


「子供……」

新吾は素っ頓狂な声をあげ、蕎麦を啜る手を止めた。

「ああ。おとよには子供がいたんだよ」

浅吉は、初めて聞いた時の自分を思い出して苦笑した。

「で、その子供。今、何処にいるんだ」

「そこまでは分からない」

「そうか……」

新吾は蕎麦を食べた。

「子供は男の子で、今は十六、七歳ぐらいになるのかな」

浅吉は、猪口の酒を啜った。

「そのぐらいでもおかしくはないな……」

新吾は、汁を啜って蕎麦を食べ終えた。

「どうだ。今度の件に関わりがあると思わないか」

浅吉は小さく笑った。

「うん。きっとな……」

その昔、おとよは男の子を産み、里子に出していた。

その里子に出された男の子は、おとよが刺された一件に関わりがある。

新吾と浅吉はそう睨んだ。

「探してみるか」

浅吉の眼が微かに輝いた。

「どうやって探すかだ」

「先ずは、おとよの身の周りからだな」

浅吉は、猪口の酒を飲み干した。

「身の周りとなると、池之端の料理屋の松葉と千駄木の日暮長屋か……」

「まあ、そんなところだな」

浅吉は頷いた。

いずれにしろ、里子に出した子はおとよの毎日の暮らしの範囲の近くにいる。

浅吉はそう読み、池之端の料理屋『松葉』から調べる事にした。


本所林町一丁目の仕舞屋は、川越の茶問屋の旦那の江戸での家だった。

半次は、周囲にそれとなく聞き込みを掛けた。仕舞屋には留守番の老夫婦がおり、時々川越から茶問屋の旦那が、手代を連れて出て来ているという。

茶問屋は『香味堂』、旦那の名前は庄左衛門という四十代半ばの男であり、若い男は手代の駒吉だった。

手代の駒吉は、主の庄左衛門の指示を受けて養生所に探りを入れた。

半次はそう読んだ。

川越の茶問屋『香味堂』の主・庄左衛門は、盗賊・緋桜の重五郎なのか……。

半次は、自身番の番人に半兵衛への使いを頼み、仕舞屋の見張りを始めた。

不忍池には枯葉が舞い散っていた。

料理屋『松葉』の表は綺麗に掃除がされていた。

浅吉は、『松葉』にいる二十歳前の男を探した。だが、『松葉』の旦那夫婦には、十歳と八歳の子がいるだけであり、板前たちなどの男の奉公人にも年頃の合う者はいなかった。

浅吉は、探りを『松葉』に出入りする業者にまで広げた。

本所林町一丁目の仕舞屋は、留守番の老夫婦が出入りするぐらいで訪れる者はいなかった。

旦那の庄左衛門と手代の駒吉は、仕舞屋から姿を見せる事もなく時は過ぎた。

大川から竪川に猪牙舟《ちょきぶね》が入って来た。

猪牙舟は、塗笠《ぬりがさ》を被った着流しの侍を乗せていた。半次は、猪牙舟の船頭が柳橋の船宿『笹舟』の勇次だと気付いた。そして、着流しの侍が塗笠を僅かにあげて見せた。半兵衛だった。

半次は、二つ目之橋の船着場から来る半兵衛を迎えた。

「あの家かい」

半兵衛は仕舞屋を示した。

「はい。川越の茶問屋香味堂の江戸での家だそうでしてね。普段は留守番の爺さんと婆さん夫婦がいまして、旦那の庄左衛門が時々川越から出て来るそうです」

「今も来ているのかい」

「お供の手代の駒吉が、養生所をうろついていましたから、きっと……」

半次は、厳しい面持ちで告げた。

「半次の親分……」

船着場から来た勇次が半次に挨拶をした。

「ご苦労さん」

「いいえ。それより、船着場に川越香味堂の焼印のある猪牙が繋がれています」

「川越香味堂の焼印……」

「はい」

茶問屋『香味堂』の主の庄左衛門は、猪牙舟を使って川越から来ている。

「勇次、こうなるとお前に手伝って貰った方が良さそうだな」

庄左衛門が猪牙舟で行動する時、舟がある方が好都合だ。

半兵衛は勇次に告げた。

「はい……」

勇次は嬉しげに笑った。

「よし。弥平次の親分には、私が後で断っておくよ」

「へい。畏れ入ります」

「じゃあ、見張り場所を決めよう」

「はい。あそこはどうでしょう」

半次は、竪川を挟んだ真向かいの相生町五丁目にある瀬戸物屋の二階を示した。

瀬戸物屋の二階から仕舞屋の表は勿論、前庭まで見えるはずだ。

「いいだろう。私が頼んでみるよ」

半兵衛は、半次と勇次を残して二つ目之橋を渡って行った。

千駄木の日暮長屋に十六、七歳になる男は住んでいなかった。

新吾は、長屋に出入りしていたり、周囲で暮らしている者に十六、七歳の男を探した。

聞き込みを続けた新吾は、根津権現門前の茶店で茶を飲んで一息ついた。

声を揃えて経を読む声が聞こえ、根津権現の隣りにある威徳山大慶寺の修行僧たちが托鉢から並んで帰って来た。

新吾は、茶店の縁台に腰掛けたまま修行僧の一団を見上げた。修行僧たちの饅頭笠の下の顔は、冷たい風にさらされ土埃に汚れているが若々しさに溢れていた。

その中には、まだ幼さを残している少年もいた。

修行僧……。

新吾の直感が閃いた。

おとよの里子に出した男の子は、大慶寺の修行僧の中にいるのかも知れない……。

新吾は、茶を飲み干した。


根岸の里に夕暮れ時が近づいた。

おとよは、小部屋の蒲団などを綺麗に片付けた。そして、住職の光念が出掛けているのを確かめると、真行寺を出て石神井用水沿いを下谷三ノ輪町に向かった。

脇腹の傷は時々微かに痛んだ。

自分で乗り越えるしかない……。

おとよは、光念に云われた言葉を思い浮かべながら三ノ輪町に急いだ。

三ノ輪町に出たおとよは、立場で町駕籠に乗った。町駕籠は、おとよを乗せて山谷堀沿いの日本堤を浅草今戸に向かった。

夕陽は足早に沈んでいく。


寺や神社は寺社奉行の支配下にある。

新吾は北町奉行所に行き、半兵衛に相談した。

「威徳山大慶寺の修行僧……」

半兵衛は眉をひそめた。

「はい。十六、七歳の修行僧がいるかいないか。もし、いるとしたならその本名が知りたいのですが、どうしたらいいのですかね」

「十六、七歳の修行僧に何の用があるんだい」

「実は……」

新吾は、おとよに子供がおり、里子に出している事などを話した。

「成る程、それで大慶寺の修行僧か……」

「はい。出来るだけ里子に出した我が子の近くで暮らしたい。ですから、おとよは千駄木の日暮長屋に……」

「それで、十六、七歳の修行僧か……」

「はい」

「よし。私の知り合いに寺社奉行の本多《ほんだ》出雲守《いずものかみ》さまの家臣で、寺社方役付同心の沢井《さわい》新八郎《しんぱちろう》さんって人がいる……」

半兵衛は、沢井新八郎を思い浮かべた。

寺社奉行は、勘定奉行・町奉行と並ぶ三奉行の一つであり、四人の大名が月番交代で務めていた。そして、全国の寺社及び寺社領の民、神官、僧侶、楽人、連歌師、陰陽師、碁将棋所などを支配し、その訴訟などを取り扱うのが役目だ。

沢井新八郎は、その寺社奉行の一人である本多出雲守の信濃田代藩の家臣で、寺社領での犯罪の探索や捕縛を行う寺社方役付同心を務め、三田聖坂一帯の寺の本尊に悪戯をする罰当たりの探索をした。その時、半兵衛が手伝って事件を解決した。以来、半兵衛と沢井新八郎は親しく付き合っていた。

「その人に頼んでみよう」

半兵衛は、新吾の頼みを引き受けた。

「よろしくお願いします」

新吾は頭を下げた。

「うん。それから緋桜の重五郎らしい奴が見つかったよ」

「何処にいます」

新吾は身を乗り出した。


竪川を行き交う舟の明かりは流れに映えた。

半次と勇次は、瀬戸物屋の二階から竪川を挟んだ仕舞屋を見張っていた。

新吾は階段をあがって部屋に入った。

「やあ……」

「こりゃあ新吾さん」

半次と勇次は迎えた。

「半兵衛さんに聞きましてね。茶問屋の旦那、どんな奴ですか」

「そいつが、家から一歩も出て来ないんですよ」

半次は眉をひそめて云った。

「そうですか……」

回向院の鐘が暮六つ（午後六時）を告げた。

町駕籠が提灯を揺らし、竪川沿いの道をやって来た。

「町駕籠が来ます」

窓辺にいた勇次が、外を見たまま新吾と半次に告げた。

半次と新吾は窓辺に寄り、勇次と共に町駕籠を見守った。町駕籠は、竪川沿いをやって来て仕舞屋の前に停まった。

新吾、半次、勇次は見守った。

停まった町駕籠から女が降り立った。

女……。

新吾は、喉を鳴らして眼を凝らした。だが、夜の暗さは女の顔を隠していた。

誰だ……。

女は駕籠舁《かごかき》に駕籠賃を払い、脇腹を庇うように僅かに前屈みになって仕舞屋に向かった。

「おとよ……」

新吾は、女がおとよだと気が付いた。

「じゃあ……」

半次は眉をひそめた。

「うん。茶問屋の主は、緋桜の重五郎に違いないだろう」

新吾は見極めた。

おとよは仕舞屋に入った。

新吾、半次、勇次は、瀬戸物屋の二階から降りて二つ目之橋に走った。

仕舞屋から男の怒声が響いた。

「半次の親分」

新吾は戸惑った。

「踏み込みます。勇次」

半次、勇次、新吾は、猛然と仕舞屋に駆け込んだ。

血の臭いがした。

腰を抜かした手代の駒吉が、震えながら廊下を後退りしていた。

「勇次、お縄にしろ」

半次は命じた。

「はい」

勇次は、駒吉に早縄を打った。

新吾と半次は居間に入った。

居間には初老の男が横たわり、おとよが覆い被さるように倒れていた。

新吾と半次は、二人の様子を窺った。

初老の男は心の臓を刺されて絶命し、おとよは血まみれの匕首を握り締め、喉から血を流して死んでいた。

勇次が、早縄を打った駒吉を引き立てて来た。

「野郎、盗賊の緋桜の重五郎だな」

半次は、厳しく問い質《ただ》した。

「へ、へい……」

駒吉は、震えながら頷いた。

「おとよが重五郎を刺し、自分で喉を突いて自害したのか……」

新吾は尋ねた。

「はい。姐さんが入って来て、いきなりお頭を刺したんです」

「おとよ、どうして重五郎を刺したんだ」

「良く分かりませんが、私たちが生きていると平吉の邪魔になるとか云って、お頭を刺したんです」

駒吉は声を震わせた。

「およよ、私たちが生きていると平吉の邪魔になる。本当にそう云ったんだな」

新吾は念を押した。

「へい……」

およよは、盗賊・緋桜の重五郎に平吉の邪魔になると云って刺した。

平吉とは、里子に出した子供なのか……。

「平吉ってのは誰だ」

「昔、里子に出したお頭と姐さんの子供だと聞いています」

平吉は、やはりおよよと重五郎の子供だった。そして、およよは我が子平吉の為に父親である重五郎を刺し殺し、己の命も断った。

何故だ……。

新吾に新たな疑問が湧いた。

半次と勇次は、台所の隅で抱き合って震えていた留守番の老夫婦を押さえた。

半次は、自身番の番人を北町奉行所にいる半兵衛の許に走らせた。

夜の本所竪川に舟の櫓の軋みが甲高く響いた。

盗賊・緋桜の重五郎は、かつての情婦で配下のおとよに刺し殺された。

半兵衛は、そう事件を処理した。しかし、新吾には分からない事ばかりだった。

おとよを刺したのは誰か……。

おとよが、我が子平吉の為に重五郎を殺した理由は何か……。

新吾は、手酌で酒を飲んだ。

「新吾さん、おとよの子供が大慶寺の修行僧じゃあないかと睨んだのは、どうなったんだい」

浅吉は酒を飲み、伝六の出してくれた大根の煮物を食べた。

「そいつは、半兵衛さんが寺社方の知り合いに頼んでくれたんだが、まだだ……」

「修行して偉い坊さんになろうって奴にとって、実の両親が盗人だったらどうなるのかな」

「さあ、良く分からないが、決して良い事じゃあないだろうな」

「じゃあ、やっぱり邪魔者って事だな」

浅吉は酒を飲んだ。

「邪魔者か……」

「うん。だから思わず刺した。刺したが、実の母親だ。殺し切れなかった……」

浅吉は、おとよの脇腹を刺したのは、子供の平吉だと睨んでいる。

「まさか……」

新吾は、浅吉の睨みに戸惑った。

「だから、おとよは何も云わず、養生所から姿を消した。違うかな」

「そうかもしれない……」

おとよは、自分を刺した平吉を庇って口を噤んだ……。

新吾は、浅吉の睨みに頷くしかなかった。

おとよと重五郎が死んだ今、真相を知っているのは、里子に出された平吉だけなのかもしれない。

新吾は酒を飲んだ。

湯島天神男坂下の飲み屋『布袋屋』は、夜が更けるとともに常連客で賑わっていく。

おとよと重五郎が死んで三日が過ぎた。

半兵衛は、寺社方役付同心の沢井新八郎から届けられた書状を新吾に差し出した。

「寺社方の沢井さんからだよ」

新吾は書状を開いた。

書状には、大慶寺にいる五人の修行僧の出家する前の名が書き記されていた。

「どうだ。何か分かったかい」

「はい……」

五人の修行僧の出家する前の名に見覚えのあるものがあった。

「そうか……」

「じゃあ……」

「逢いに行くのか」

「はい。放ってはおけませんので……」

新吾は、真相をはっきりさせずにはいられなかった。

「そいつは分かるが、子供の邪魔にならないようにと重五郎を道連れにして死んだおとよの哀しさも分かってやるんだな」

半兵衛は小さく笑った。

「おとよの哀しさ」

新吾は戸惑った。
「うん、母親の哀しさかな……」
半兵衛は踵を返した。
新吾は、自分を育てるのに生き甲斐を感じている母の菊枝を思い出した。
母親の哀しさ……。
新吾は立ち尽くした。

威徳山大慶寺に参拝客は少なかった。
新吾は、大慶寺の寺務を取り扱う役僧を訪れ、修行僧の日浄に逢いたいと申し入れた。
役僧は取り次いでくれた。
新吾は、修行僧の日浄が来るのを境内の隅で待った。
僅かな時が過ぎ、幼い顔をした修行僧がやって来た。
修行僧の日浄こと平吉は、何処となく母親のおとよに似ていた。
「日浄にございますが、何か……」
日浄は、掃除をしていたのか、赤く荒れた手で襷《たすき》を外した。

「私は北町奉行所養生所見廻り同心の神代新吾。平吉さんだね」

新吾は笑い掛けた。

「は、はい……」

日浄の眼に怯えが過ぎった。

「養生所に脇腹を刺されたおとよさんって人が担ぎ込まれてね」

日浄の顔色が変わった。

新吾は確信した。

日浄こと平吉が、母親のおとよの脇腹を刺したのだ。だが、日浄は、浅吉の読みの通り、実の母親のおとよを殺す事は出来なかった。

「ま、傷は大した事はなかったんだがね」

「大した事はなかった……」

「うん。だが、どうして刺されたのか分からなくてね」

「神代さま、幼い頃に里子に出され、口減らしで寺に入れられてようやく慣れて落ち着いた頃、いきなり実の母親が現れたらどうします。それから付きまとって挙句の果てに父親まで出て来て……」

日浄は、顔を哀しげに歪めて声を震わせた。

「自分の仕事の後を継げと云ったらどうすればいいんです」

日浄は、哀しみと怒りにまみれた。

緋桜の重五郎は、幼い頃に里子に出し、仏門に入った倅に盗賊の後を継げと云い出した。

子供は、親の都合で生きているわけではない。

新吾は、日浄こと平吉に同情した。

「恨みました。付きまとい、父に教えた母を恨みました。だから私は……」

日浄は、憎しみと怒りに燃える眼を据えた。

「おとよは死んだよ」

新吾は遮った。

「えっ……」

日浄は戸惑い、言葉を失った。

「おとよは、盗賊の緋桜の重五郎を殺め、自分で喉を突いて自害した」

「自害……」

日浄は、新吾を呆然と見つめた。その眼には、すでに憎しみと怒りは消えていた。

「子供の為にね……」

「子供の為……」

「うん」

新吾は頷いた。

「そんな……」

日浄は激しく顔を歪めた。

「何もかも終わった。後は仏だ。陰ながら弔ってやるんだね」

「神代さま……」

日浄は戸惑いを浮かべた。

「およの為にも、しっかり修行するんだね。邪魔をしたね……」

新吾は、日浄に背を向けて大慶寺の境内を出た。

日浄は立ち尽くしている。

団子坂に風が吹き抜けた。

葉を落とした木々の梢が揺れて軋んだ。

新吾は千駄木の通りを養生所に向かった。

赤い桜の花は季節外れに散った。

第三話

曲り角

一

風花は乾いた空に舞い、底冷えは容赦なく続いた。

北町奉行所養生所見廻り同心神代新吾は、病人部屋の炭や寝具などを増やす手配りに忙しかった。

百姓の若者は、どてらに包んだ人を背負って風花が舞う中をやって来た。

養生所の門番に就いていた下男の宇平は、眉をひそめて百姓の若者を見た。

百姓の若者は白い息を吐き、草鞋を泥まみれにして足を冷たさに赤く染めていた。

病人を背負って連れて来た……。

宇平はそう判断し、若い同僚の五郎八と百姓の若者に駆け寄った。

「大丈夫かい……」

「へい。あの、養生所は……」

百姓の若者は白い息を弾ませた。

「もう少しだぜ」

宇平と五郎八は、百姓の若者を励まして左右からその身体を支えた。

「へい。ありがとうございます」

百姓の若者は、白い息を吐いて養生所に向かっていった。

風花は舞った。


宇平と介抱人のお鈴は、百姓の若者の背からどてらに包まれていた人を降ろした。どてらに包まれていたのは、若い女で赤い顔をしてぐったりとしていた。

お鈴は、若い女を蒲団に寝かせて様子を診た。

「酷い熱です。良哲先生を呼んで来ますから、宇平さん、部屋を暖かくして下さい」

「合点だ」

お鈴は小部屋を出て行き、宇平は火鉢に炭を足した。

養生所肝煎りで本道医の小川良哲が、お鈴と共に入って来て若い女の診察を始めた。

若い女は、息を荒く鳴らしていた。

百姓の若者は、心配そうに見守った。

「患者の名前は……」

良哲は、百姓の若者に訊いた。

「おきくと申します」

百姓の若者は答えた。

「おきくか。聞こえるか、おきく」

良哲は若い女、おきくに話し掛けた。

「はい……」

おきくは微かに頷き、瞑っていた眼を開けようとした。

「そのままにしていなさい。お前さん、おきくのご亭主か……」

「はい。文吉《ぶんきち》と申します」

百姓の若者は頷いた。

「良く連れて来たな。宇平、文吉を新吾の処に連れて行って甘酒を飲ませてやりなさい」

「心得ました」

「文吉、これからおきくを詳しく診察するが、心配はいらない。お前も身体を温めなさい」

「はい。先生、おきくをどうか、どうかよろしくお願いします」

文吉は、畳に額をこすり付けて良哲に頼み、宇平と一緒に部屋から出て行った。

「お鈴、胸の様子を診る」

「はい……」

お鈴は、おきくの着物の襟元を大きく広げた。

薄い胸が大きく上下していた。

良哲は、聴診器をお鈴の薄い胸に当てて肺の音を聴いた。肺に雑音はなかった。

「肺に炎症はないようだ……」

良哲は診察を続けた。

大振りの湯呑茶碗に満たされた甘酒は、甘い香りと湯気を漂わせていた。

「さあ、甘酒を飲みなさい」

宇平が、文吉に甘酒を差し出した。

「は、はい……」

「遠慮は無用。身体を温めるといい」

新吾が勧めた。

「ありがとうございます」

文吉は、湯気を吹いて甘酒を啜った。

温かさが五体に染み渡ったのか、文吉は、吐息を洩らした。

「百姓の文吉か……」

「はい」

「患者は女房のおきくだね」

新吾は、患者の名簿におきくと文吉の名を書き記した。

「左様にございます」

「家は何処だ……」

「はい……」

文吉は、新吉に縋るような眼差しを向けてきた。

「どうした」

新吾は戸惑った。

「蓮沼村です」

文吉は、思い切ったように告げた。

「蓮沼……」

新吾は筆を止めた。

「はい……」

文吉は、甘酒の入った湯呑茶碗を両手で抱えて項垂れた。

「神代さま……」

宇平は眉をひそめた。

「うん。文吉、蓮沼村とは板橋の宿の向こうの蓮沼村か……」

「はい」

文吉は、強張った面持ちで頷いた。そして、宇平は心配げに新吾を見つめた。

町奉行所の支配である朱引内は板橋の宿までであり、蓮沼村は江戸御府内ではなかった。

文吉・おきく夫婦は、武蔵国蓮沼村の住人であり、江戸の住人ではないのだ。

厳密にいえば、小石川養生所の入室患者になる資格はないのかも知れない。

文吉はそれを恐れていた。

「そうか、この寒い中、蓮沼村からおきくを背負って来たとは大変だったな」

新吾は微笑んだ。

文吉は戸惑いを滲ませた。

「神代さま……」

宇平は、安心したような笑みを浮かべた。

「宇平の父っつぁん、おきくは江戸に来て病に罹ったんだよ」

「はい。良かったな、文吉っつぁん」

「ありがとうございます」

文吉は、新吾に深々と頭を下げた。涙が畳に零れ落ちた。


良哲は、おきくの病状を風邪をこじらせたものだと診断した。

おきくは、良哲の調合した熱冷ましの煎じ薬を飲んで眠った。

良哲は、文吉におきくを養生所に入室させて養生をさせる事を勧めた。

「入室ですか……」

「うむ。おきくが風邪をこじらせたのは、日頃の疲れが溜まっていたからだ。ここは、しばらく養生させた方がいいと思うのだが。どうだ」

「は、はい……」

文吉は躊躇った。

「おきくの為を思うのなら、それが一番だぞ」

良哲は文吉に勧めた。

「分かりました。良哲先生、よろしくお願い致します」

文吉は頷いた。

しばらくの間、おきくは養生所に入室する事になった。

冬場の畑仕事は暇で蓮沼村に帰る程ではないが、江戸でおきくの看病ばかりをしているわけにはいかない。

文吉は、口入屋に仕事を周旋して貰って働くことにした。

本郷通りにある口入屋『升屋』は、文吉に牛込の揚場町の荷揚人足の仕事を周旋した。


おきくの身体は日毎に回復していた。

文吉は、良哲や新吾と相談し、揚場町の問屋『湊屋』で住み込みの荷揚人足として働き始めた。

牛込揚場町は神田川に面した処にあり、荷船で運ばれて来た荷の揚げ降ろしをする問屋が軒を連ねていた。

文吉が、問屋『湊屋』の人足として働き始めて五日が過ぎた時、岡っ引の本湊の半次が養生所に新吾を訪ねて来た。

「どうしました、半次の親分」

「はい。新吾さん、蓮沼村の百姓文吉をご存知ですかい」

半次は眉をひそめた。

「ええ。文吉なら養生所の入室患者の亭主でして、今は牛込揚場町の問屋で住み込みの人足働きをしていますよ。文吉、どうかしたんですか……」

新吾は、半次に怪訝な眼差しを向けた。

「実はその文吉。昨夜、神楽坂の居酒屋の女将を殺して金を奪ったとしてお縄になりましたぜ」

「なんですって……」

新吾は驚き、素っ頓狂な声をあげた。

昨夜、文吉は居酒屋の女将を殺したとして捕らえられた。

思わぬ事態だ……。

「それで半次の親分。捕らえたのは……」

「そいつが、三河町の万造《まんぞう》って親分です」

「三河町の万造……」

「ええ。定町の風間鉄之助の旦那から手札を貰っている親分でして……」

半次は眉をひそめた。

「あまり評判良くないのですか……」

「ええ。まあ、手柄をあげるのに手立ては選ばねえって野郎でしてね、人の弱味を探り出しては陰で強請りを働いているって噂もあるぐらいでして……」

「文吉、そんな奴にお縄になったのですか」

新吾は眉をひそめた。

「はい」

「それで、文吉は女将を殺して金を奪ったのを認めましたか」

「いいえ。女将を殺してなんかいない。自分は何も知らないと。それで、文吉のおかみさんが養生所の入室患者だと聞きましてね。半兵衛の旦那が新吾さんに報せろと……」

「そうですか。良く報せてくれました」

「で、新吾さんはどう思いますか……」

「文吉は、風花が舞う中、蓮沼から女房を背負って来ましてね。女房のおきくが養生している間、働きたいと人足働きに出たほどです。押し込みを働くような奴じゃありませんよ」

「やっぱりね……」

「半次の親分。今、文吉は茅場町の大番屋ですか……」

「はい」

大番屋は、容疑者や関係者の取り調べと留置をする処であり、江戸には七箇所あったとされる。

「文吉に逢えませんか」

「えっ……」

「このまま放っておくわけにはいきません」

新吾は、文吉が居酒屋の女将殺しで捕らわれた事を良哲だけに伝え、半次と一緒に茅場町の大番屋に向かった。

日本橋川の流れは鈍色に輝き、様々な舟が櫓を軋ませて行き交っていた。

新吾と半次は、日本橋を渡って日本橋川沿いを茅場町に急いだ。

茅場町の大番屋は、日本橋川を背にしてある。

新吾と半次は大番屋に入った。


大番屋の仮牢は薄暗く冷え切っていた。

文吉は、悄然と頭を抱えて板壁に寄り掛かっていた。

「文吉……」

新吾は、鞘土間の戸前口から文吉を呼んだ。

文吉は新吾に気付き、喜びを浮かべて戸前口に寄ってきた。

「神代さま……」

「酷いことになったな……」

「はい。ですが、あっしは女将さんを殺めたり、金を盗んだりしちゃあいません。信じて下さい」

文吉は、顔を歪めて必死に訴えた。

「落ち着け、文吉」

新吾は制した。

「神代さま……」

「気持ちは良く分かる。だけど、ここは落ち着かなければならぬ。分かるな」

「はい……」

文吉は、今にも泣き出しそうな面持ちで頷いている。

「よし。昨夜、何があったか詳しく話してみろ」

「はい……」

文吉は喉を鳴らした。

「昨夜、湊屋の台所で晩飯を食べ、溜まりでひと寝入りしてから湯屋に行きました。その帰り、居酒屋の千鳥の前に差し掛かった時、女の悲鳴が聞こえたので、店の中を覗いたんです。そうしたら女将さんが倒れていて、いきなり後ろから頭を殴られたんです」

文吉は眉をひそめた。

「それで気を失ったのか……」

「はい……」

文吉は頷いた。

「そして、気がついた時には、女将さん殺しの下手人として、万造親分のお縄になっていました」

文吉は項垂れた。

「文吉が覗いた時、女将さんはすでに殺されていたのか」

「分かりません」

「じゃあ、後ろから殴った者がどんな奴だったのかは……」

「それも分かりません……」

文吉は悔しさを滲ませた。

「半次の親分……」

新吾は、役人たちの見方を尋ねた。

「三河町の万造親分が駆け付けた時、女将さんは背中から心の臓を刺されて死んでいて、文吉が血まみれの匕首を握り締めて気を失っていたと云ってます」

半次は告げた。

「そうですか。で、文吉、殺された女将さんとは知り合いなのか」

「知り合いというか、人足仲間に一度店に連れて行って貰った事があります」

「じゃあ、女将さんと一人で逢った事はないのか」

「はい。一度だってありません」

文吉は怒りを過ぎらせた。

「半次の親分。万造は文吉が女将さんを殺めたわけ、どう云っているんですか」

「そいつが、文吉が女将さんを手込めにしようとして争いになり、匕首で刺したと……」

半次は、文吉を見据えて告げた。

「あっしが女将さんを手込めにしようとしたなんて、冗談じゃありません」

文吉は、怒りと昂りを懸命に抑えて哀しげに否定した。

「よし。良く分かった。ここにはしばらくいなければならぬだろうが、風邪を引かないようにな。後で綿入れを差し入れる」

「ありがとうございます」

「じゃあな……」

新吾と半次は、仮牢の鞘土間から立ち去ろうとした。

「神代さま……」

「何だ」

「おきくは……」

文吉は、心配げに眉をひそめた。

「おきくさんは随分良くなっている。お前が出るまでには元気になっているぞ」

「そうですか、何分にもよろしくお願いします」

「うん。心配するな」

新吾は、文吉を励まして半次と共に仮牢を出た。

文吉の安堵と不安の入り混じった吐息が、薄暗く冷え切った仮牢に響いた。


北町奉行所同心詰所は暖かかった。

「どうだった」

臨時廻り同心の白縫半兵衛は、新吾と半次を迎えた。

「私の見たところ、文吉は何者かによって下手人に仕立て上げられたと思います」

新吾は茶を淹れて啜った。

「半次はどう思う」

「あっしも新吾さんと同じです」

「そうか、文吉は誰かに嵌められたか……」

「きっと……」

新吾と半次は頷いた。

「よし。半次、定廻りの風間には、私から厳しく云っておく。その間に真相を摑むんだ」

半兵衛は指示した。

「承知しました」

「半兵衛さん、私にも手伝わせて下さい」

新吾は勢い込んだ。

「いいのかい、養生所の方は……」

「はい。事と次第では、養生所の患者の病状に関わることですから……」

文吉の無実を証明出来ず、居酒屋の女将殺しの下手人と断定されると、おきくは激しい衝撃を受けて病状の悪化は避けられない。

新吾は探索に乗り出した。

二

神田川牛込御門外の船着場に着いた荷船からの荷揚は終わっていた。

新吾は、半次と共に問屋『湊屋』を訪れ、人足の親方の丑松を近くの蕎麦屋に誘った。

丑松は、美味そうに酒を飲んだ。

「で、文吉は一度だけ千鳥に行った事があると云っているんだが……」

半次は、丑松の猪口に酒を満たした。

「かたじけねえ。文吉を居酒屋の千鳥に連れて行ったのはあっしですよ」

丑松は、嬉しげに酒を啜った。

「その辺り、詳しく教えてくれ」

半次は頼んだ。

「はい。文吉が住み込みで働く事になり、あっしが他の人足たちとの顔繋ぎで千鳥に連れて行ったんですが。文吉、大人しく酒を飲んでいただけですよ」

「その時、文吉、千鳥の女将のおせつに気のある素振りは見せなかったかい」

「さあ、そいつはなかったと思うが……」

丑松は首を捻った。

「親方は、女将のおせつを殺したのは文吉だと思うかい」

「とんでもねえ。三河町の万造親分は、文吉が殺ったと決め付けているけど、文吉は来たばかりだし、匕首だって持っちゃあいない。大体、人を殺めるような奴には見えませんよ。うん」

丑松は、己の言葉に頷いた。

「じゃあ親方、千鳥の女将のおせつ、どんな女なのかな」

新吾は、丑松に酒を注いだ。

「こいつは畏れ入ります……」

丑松は、新吾の酌を畏まって受けた。

「どんなって、居酒屋の女将ですから愛想はいいですよ」

「男出入りはどうだった」

「そりゃあもう。年増ですが、色っぽい女将でしてね。いろいろ噂がありますよ」

丑松は苦笑し、酒を啜った。

「例えばどんな噂かな」

「軽子坂の上の旗本屋敷の殿さまと中間頭の両方と出来ていたとか、金さえ払えばすぐ寝てくれるとか。男出入りは派手だったそうですぜ」

新吾と半次は、思わず顔を見合わせた。

「金の方はどうだった」

「そりゃあもう細かくて、つけも一切御法度でしたぜ」

おせつは、金にも執着する女だった。

「男出入りが激しくて金にも煩かったか……」

「ええ……」

男と金……。

おせつには、他人と揉める原因は揃っている。

殺された原因はその辺にあるのかも知れない……。

「おせつと出来ていると思われる千鳥の常連客、知っているだけ教えてくれ」

新吾は丑松に頼んだ。

「は、はい。ですが、本当に出来ているかどうかは分かりませんぜ」

丑松は躊躇いを覗かせた。

「父っつぁん、酒をくれ」

半次は、蕎麦屋の親父に酒を注文した。

「心配はいらない。親方に聞いたとは一切内緒にするし、本当に出来ているかどうかはこっちで調べるぜ」

半次は約束した。

「分かりました……」

丑松は頷いた。

御家人、大工の棟梁、小間物屋の若旦那、旗本屋敷の中間頭……。

新吾は、丑松が云う男たちの名前と家の所番地を書き記した。

「その他にもいるのは確かですが、あっしはそのぐらいしか……」

「いや。大助かりだ」

新吾は喜んだ。

「まったくです。親方、後で若い衆と一杯やってくんな」

半次は、丑松に小粒を握らせた。

「こいつは親分。かたじけねえ」

丑松は、小粒を握り締めた。

「気にするな。その代わり、三河町の万造親分には内緒だぜ」

万造に知られると何かと面倒だ。

半次は、手抜かりなく口止めをした。

新吾と半次は、神田川沿いを居酒屋『千鳥』に向かった。

居酒屋『千鳥』は、問屋『湊屋』から湯屋に行く途中にあった。

新吾と半次は、『千鳥』の腰高障子を開けて店に入った。

薄暗く狭い店内は、酒と血の臭いがした。

新吾と半次は、辺りを見廻して店内の隅々まで調べた。調べは隣の板場に続き、居間と寝間にも及んだ。だが、女将のおせつ殺しに関わるような物は何一つ見つける事は出来なかった。

半次が小さな吐息を洩らした。

「半次の親分……」

新吾は、寝間の隅から鯨の骨で作った蛇の根付を見つけた。

「蛇の根付ですか……」

「ええ。女将のおせつの物ですかね」

新吾は、半次に蛇の根付を渡した。

「いや。こいつは女物じゃあないですよ。煙草入れか印籠に付ける根付じゃありませんかね」

「寝間に落ちていたところをみると、おせつと出来ている男の物かも知れませんね」

新吾は身を乗り出した。

「ええ。よし、この根付を作った職人を探してみますか……」

作った職人から、蛇の根付の持ち主を辿れるかも知れない。

「はい……」

新吾は頷いた。

おせつ殺しに関わりのあるような物は、蛇の根付の他には見つからなかった。

新吾と半次は、それぞれのやる事を決めて別れた。


申の刻七つ（午後四時）が過ぎた。

冬の夜は訪れるのが早く、神田川に月影を映した。

新吾は湯島天神に向かった。

湯島天神門前の盛り場は、すでに酔客で賑わっていた。

新吾は、男坂の下の飲み屋『布袋屋』の暖簾を潜った。

狭い店内に客はまだいなかった。

「おう、いらっしゃい」

亭主の伝六が板場から現れた。

「来ているかな」

「ああ……」

伝六は、板場の隣の小部屋を示した。

新吾は小部屋に入った。

手妻の浅吉が一人で酒を飲んでいた。

「やあ……」

浅吉は、笑みも浮かべずに新吾を迎えた。

「いてくれて良かった」

新吾は笑った。

浅吉は、新吾と己の猪口に酒を満たした。

「何かあったのかい」

新吾を一瞥して浅吉は酒を飲んだ。

「うん。頼みたい事があってな」

「頼み……」

浅吉は手酌で酒を飲んだ。

新吾は酒を飲んだ。

「岡っ引の三河町の万造を調べて貰いたい」

「なんだ」

「岡っ引の三河町の万造……」

浅吉は、眉を僅かにひそめた。

「うん。やってくれないかな」

「どうしてだ」

「万造、無実の男を殺しの下手人に仕立てようとしていてな」

「なんだと……」

浅吉の眼が鋭く輝いた。

「実はな……」

新吾は、文吉が女房のおきくを背負い、風花の舞う寒い日に養生所を訪れた事から話し始めた。

浅吉は、手酌で酒を飲みながら新吾の話を黙って聞いていた。

新吾は話し終えた。

「そいつは妙だな……」

酒を持って来た伝六は、座り込んで眉をひそめていた。

「うん。父っつぁんもそう思うか」

「ああ。万造の野郎、何を企んでいるのか」

「父っつぁん、万造を知っているのか」

新吾は猪口を置いた。

「ああ。若い頃から博奕打ちや地廻りの使い走りをしていてな。今じゃあ、十手を笠にろくな真似をしていねえ汚ねえ野郎だ」

伝六は吐き棄てた。

神田三河町と湯島天神は遠くはない。伝六は、万造の人となりや悪い噂を知っていた。

「そんな岡っ引なのか……」

浅吉は酒を啜った。

「ああ。罪人になりたくなかったら金を出せ、店の悪い噂を流されたくなければ金を出せだ。今まで、どれだけ泣かされた人がいるか……」

伝六は憎しみを滲ませた。

「酷いな……」

新吾は呆れた。

「新吾さんには申し訳ねえが、北町の同心の旦那にも人を見る眼がねえのがいるぜ」

伝六の鉾先は、万造に手札を渡している同心に向けられた。

「うん……」

新吾は、万造に手札を渡している定町廻り同心の風間鉄之助の顔を思い浮かべた。

「邪魔するよ。父っつぁん……」

店の戸が開く音がし、常連客の声がした。

「おう。いらっしゃい……」

伝六は、返事をしながら店に出て行った。

「伝六の父っつぁん、手厳しいな」

浅吉は、新吾を一瞥した。

「仕方があるまい。事実は事実だ」

新吾は、苦笑して酒を呷った。

「引き受けたぜ」

浅吉は、猪口の酒を飲み干した。

「やってくれるか……」

新吾は喜んだ。

「ああ……」

「相手は性悪な岡っ引だ。油断は禁物だぜ」

「心配は無用だぜ……」

浅吉が不敵に笑った。

店から伝六と常連客の笑い声があがった。


北町奉行所の同心たちは、同心詰所で見廻日誌を書いて八丁堀の組屋敷に帰って行く。

定町廻り同心の風間鉄之助は、見廻日誌を書き終えて同心詰所を出ようとした。

「風間……」

半兵衛は、大囲炉裏の傍で茶を啜りながら呼び止めた。

「はい……」

風間は、怪訝な面持ちで半兵衛に近づいた。

「なんですか」

「うん。居酒屋千鳥の女将殺しで大番屋に繋いだ荷揚人足の文吉だがね」

「はい……」

「下手な真似はしない方が良いな」

半兵衛は笑った。

「どういう事ですか」

風間は眉をひそめた。

「うん。文吉は三河町の万造がお縄にしたそうだが、ひょっとしたら無実かもしれない」

「無実……」

風間は微かにうろたえた。

「うん。もしも無実の者を捕違えたとなると、その責めは重く、只じゃあすまない」

半兵衛は小さく笑った。

「半兵衛さん……」

風間の顔に不安が過ぎった。

「風間、岡っ引の万造、気を付けるんだね」

「万造ですか……」

「うん。岡っ引のやる事の何もかもは、手札を渡している同心の責めになる。忘れるんじゃないよ」

「は、はい……」

半兵衛は、今までに何度も役目上で失態を犯した風間を助けている。

風間にとって頼りになり、煙たくもあるのが白縫半兵衛だった。

「下手な拷問は命取りになる。万造に釘を刺しておくんだね」

半兵衛は、厳しい面持ちで告げた。

「半兵衛さん、万が一の時、どうしたら良いでしょう」

風間は怯えを滲ませた。

「その時は、責めを負って己で始末するのが一番だよ」

半兵衛は、湯呑茶碗を大囲炉裏の縁に置き、腰掛から立ち上がった。

三河町二丁目の万造の住む仕舞屋は静けさに包まれていた。

万造は、女房のおこん、飯炊き婆さんの三人で暮らしていた。

浅吉は、仕舞屋の斜向かいの路地に潜んで万造を見張った。

下っ引の音助《おとすけ》がやって来た。そして、万造は音助を従え、女房のおこんに見送られて出掛けた。

浅吉は、慎重に尾行を開始した。

万造と音助は、鎌倉河岸に出て外濠沿いを進み、常盤橋御門前を通って日本橋川に架かる一石橋に進んだ。一石橋を渡ると呉服橋御門になり、御門内に北町奉行所があった。

万造と音助は、一石橋を渡らず橋の袂にある蕎麦屋に入った。

浅吉は見届けた。


「いらっしゃいませ」

万造と音助は、赤い前掛けの小女《こおんな》に迎えられた。

「万造、こっちだ」

風間鉄之助は、入れ込みの隅で酒を飲んでいた。

「こりゃあ旦那、お待たせ致しました」

万造と音助は、風間の前に畏まって座った。

風間は、万造を一瞥して酒を飲んだ。

「旦那、御用ってのは……」

万造は薄笑いを浮かべた。

「千鳥の女将を殺めたのは、荷揚人足の文吉に違いないんだろうな」

「そりゃあもう。あっしたちが行った時、おせつの死体の傍で血塗れの匕首を握っていたんですから間違いありません」

「文吉、おせつ殺しを認めたのか」

「いいえ、そいつはまだ。なあにちょいと痛めつければ造作はありませんぜ」

「そいつは駄目だ」

「えっ」

万造は戸惑った。

「文吉を痛めつけるのは許さねえ」

風間は、万造を厳しく見据えた。

「旦那……」

万造は微かに狼狽した。

「万造、文吉に指一本触れちゃあならねえ。分かったな」
風間は、苛立たしげに猪口の酒を呷って座を立った。
風が吹き抜け、外濠の水面に小波《さざなみ》が走った。
蕎麦屋から風間が出て来て呉服橋に向かった。
北町の同心は町奉行所に戻る……。
浅吉は物陰から見送った。
万造と音助が続いて蕎麦屋から出て来た。
浅吉は物陰に隠れた。
万造は、遠ざかって行く風間の後ろ姿に唾を吐いた。
万造は、同心に厳しく叱られでもし、思わず正体を晒したのかも知れない。
そして、どう出るか……。
浅吉は薄笑いを浮かべた。
御家人、大工の棟梁、小間物屋の若旦那、旗本屋敷の中間頭……。
新吾は、荷揚人足の親方丑松に聞いた『千鳥』の女将おせつと関わりのあった男たちを調べていた。

男たちの殆どは、居酒屋『千鳥』のある揚場町近くに暮らしていた。

御家人は百二十俵取りで、築土明神八幡宮門前町近くに母親と二人で住んでいた。

新吾は、周囲の屋敷の奉公人や棒手振《ぼてふ》りなどの商人に聞き歩いた。そして、おせつが殺された夜、屋敷にいた事が分かった。御家人からおせつ殺しの疑いは消えた。

それから新吾は、神楽坂市ヶ谷田町四丁目に住んでいる大工の棟梁の家を訪れた。大工の棟梁は、御贔屓の呉服屋の隠居所を建てに半月前から向島の普請場に泊まり込んでいた。御家人に続き、大工の棟梁からもおせつ殺しの疑いは消えた。

新吾は、神楽坂をあがって毘沙門天で名高い善國寺門前町の小間物屋に向かった。

下谷広小路は、上野寛永寺の参拝客や不忍池に遊びに行く人が行き交っていた。

半次は、上野北大門町に住んでいる根付師の親方の許を訪れた。

「こいつなんですがね……」

半次は、蛇の根付を根付師の親方に差し出した。

親方は、蛇の根付を受け取り、白髪眉をひそめて見廻した。

「彫った根付師、誰か分かりますか……」

「うむ……」

根付師の親方は、蛇の根付を見つめた。

半次は待った。

「茂助《もすけ》の仕事だな……」

根付師の親方は白髪眉をあげた。

「茂助さんってのは……」

半次は身を乗り出した。

「あっしの弟子の一人だよ」

蛇の根付を作ったのは、茂助という根付師だった。

「茂助さんの住まい、何処なんですか」

「回向院裏の長屋だ」

本所回向院裏の長屋に住んでいる根付師の茂助……。

「ありがとうございました」

半次は頭を下げた。

「親分、茂助が何かしたのかい」

「いいえ。茂助さんが彫ったこの根付を誰が買ったのか知りたいだけでして……」

「そうですかい……」

根付師の親方は、安心したように皺を深く刻んで微笑んだ。

半次は、上野北大門町から本所回向院裏に急いだ。

三

神楽坂の小間物屋『紅花堂』は、善國寺を始めとした寺を参拝した女客で繁盛していた。

『紅花堂』の若旦那は、清吉《せいきち》という名の二十一歳になる男だった。

新吾は、店の中に若旦那の清吉らしい者を探した。だが、それらしい者はいなかった。

張り込むしかない……。

新吾は、辺りに張り込み場所を探し、斜向かいに甘味処があるのに気付いた。

小間物屋は、紅や白粉などの化粧品や櫛・笄《こうがい》・簪を売っていた。そして、中には帯留や根付などを置いている店もあった。

新吾は、甘味処の窓の障子を僅かに開け、斜向かいの小間物屋『紅花堂』を窺った。

小間物屋『紅花堂』は女客で賑わい、奉公人たちが忙しく相手をしていた。

新吾は、汁粉を食べながら清吉の現れるのを待った。

本所回向院裏は松坂町一丁目になる。

半次は、松坂町一丁目の自身番を訪れ、根付師の茂助の暮らす長屋が何処か尋ねた。

自身番の番人は町内の名簿を調べ、根付師の茂助が勘助長屋に住んでいると教えてくれた。半次は礼を述べ、勘助長屋に向かった。

枯葉は風に吹かれ、神楽坂を舞い上がった。

岡っ引の万造と下っ引の音助は、神楽坂をあがり善國寺境内の茶店に入った。

浅吉は見届けた。

やがて、下っ引の音助が、茶店から出て来て境内を出た。

浅吉は追った。

汁粉が三杯、甘酒が二杯……。

そして、三杯目の甘酒を新吾が啜っていた時、小間物屋『紅花堂』の表に浅吉が現れた。

浅吉は、岡っ引の万造を調べている筈だ。

その浅吉が神楽坂に現れたということは、万造も来ているのだ。

新吾は眉をひそめた。

小間物屋『紅花堂』を見張っていた浅吉が物陰に身を潜めた。

『紅花堂』から下っ引風の男が、若旦那風の男と一緒に出て来て善國寺に向かった。

浅吉が追って行った。

新吾は、甘味処の小女に金を払い、下っ引風の男と出掛けて行く若い男が誰か尋ねた。

「紅花堂の若旦那の清吉さんです」

小女に躊躇いはなかった。

清吉がようやく姿を現した……。

新吾は、小女に礼を云って甘味処を出た。


下っ引の音助は、『紅花堂』の若旦那・清吉を善國寺境内の茶店に案内した。

浅吉は見送った。

「浅吉……」

新吾が浅吉の背後に現れた。

「新吾さん……」

「岡っ引の万造、来ているのか……」

新吾は茶店を示した。

「ああ。新吾さんは……」

「殺された千鳥の女将のおせつと出来ていた、紅花堂の若旦那を追っていたんだ」

「その若旦那、今の野郎か……」

浅吉は眉をひそめた。

「うん。清吉って名前だ」

岡っ引の万造は、小間物屋『紅花堂』の若旦那・清吉と何らかの関わりがある。

そして、清吉は殺された『千鳥』の女将のおせつの男の一人と思われる。

万造が清吉を呼び出したのは、おせつ殺しに関わりがあるからなのか……。

新吾は思いを巡らせた。


本所松坂町一丁目の勘助長屋は、昼下がりの静けさに沈んでいた。

根付師の茂助は、鑿《のみ》を置いて蛇の根付を手に取って見た。

半次は返事を待った。

「確かにあっしが彫ったものですが、これが何か……」

茂助は戸惑いを浮かべた。

「そうですか。で、何処に卸したのか覚えていますかい」

「この根付は確か、神楽坂の紅花堂って小間物屋に卸したはずです」

「神楽坂の紅花堂……」

半次は念を押した。

「へい。十二支の根付を作るように注文されましてね。それで作った十二支の巳の根付に違いありません」

茂助は頷いた。

居酒屋『千鳥』の女将おせつの寝間に転がっていた蛇の根付は、根付師茂助が作って神楽坂の小間物屋『紅花堂』に納めた物だった。

小間物屋『紅花堂』……。

半次は、おせつと関わりのある男の中に小間物屋の若旦那がいたのを思い出した。

その小間物屋が紅花堂なのか……。

半次は神楽坂に急いだ。

四半刻が過ぎた。

若旦那の清吉が茶店から出て来た。その顔は今にも泣き出さんばかりに歪み、足取りは重かった。

「どうしたんだ」

新吾は眉をひそめた。

「万造の野郎に脅かされでもしたのかな……」

浅吉は嘲りを滲ませた。

清吉は、重い足取りで小間物屋『紅花堂』に戻って行った。

「どうする」

浅吉は新吾を窺った。

「このまま清吉を見張る」

「じゃあ、俺は万造を……」

「うん」

浅吉は、茶店から出て来た万造と音助を追った。

万造と音助は、小間物屋『紅花堂』に嘲笑を浴びせて神楽坂を下って行く。

「奴が三河町の万造か……」

新吾は見送り、茶店に向かった。

「紅花堂の若旦那たちが、どんな事を話していたかですか……」

茶店の亭主は眉をひそめた。

「うん。どんな様子だったかでもいいんだがな……」

新吾は食い下がった。

「そうですねえ……」

亭主は首を捻った。

「小声で話していましたから中身までは分かりませんが、若旦那、泣き出しそうな顔をして何かを頼み込んでいましたよ」

「頼み込んでいた……」

「ええ……」

「相手はどんな風だった」

「そいつが、鼻の先で笑ったり、恐ろしい目付きで睨んだり。ありゃあ、何だか脅しを掛けているようでしたね」

「やはりな……」

新吾は眉をひそめた。

岡っ引の万造は、小間物屋『紅花堂』の若旦那の清吉を脅しているのだ。

もし、それが事実なら、清吉が万造に脅される理由は何なのか……。

新吾は、小間物屋『紅花堂』に戻って張り込みを続けた。

風が吹き抜け、参拝客たちが神楽坂を下り始めた。

新吾は、清吉の動くのを待った。

神楽坂をあがって来た男が、小間物屋『紅花堂』の前に立ち止って店内を窺った。

半次の親分……。

新吾は、『紅花堂』の店内を窺う男が半次だと気付いた。

半次は、『紅花堂』に入った。


『紅花堂』の帳場には初老の番頭がいた。

「お邪魔しますぜ」

半次は、帳簿を付けていた初老の番頭に声を掛けた。

初老の番頭は、算盤の手を止めて怪訝に半次を見た。半次は、懐の十手を僅かに見せた。

「これは……」

番頭は、慌てて帳場から出て来た。

「親分さん、どうぞ……」

番頭は、半次に腰掛けるように勧め、小僧に茶を持って来るように命じた。

「構わないで下さい、番頭さん。ちょいと聞きたい事がありましてね」

半次は、あがり框に腰掛けた。

「あっしは、北町の白縫半兵衛さまから手札を戴いている半次って者でしてね」

「これはこれは、半次の親分さんにございますか。手前は紅花堂の番頭の甚八《じんぱち》と申します」

「そうですかい。で、番頭さん、今日、お邪魔をしたのは、この根付を売った覚えはないかと思いましてね」

半次は、蛇の根付を差し出した。

「はあ……」

番頭の甚八は、蛇の根付を手にとって眉をひそめた。

「どうですか……」

「確かにこれは、手前どもが扱った十二支の巳の根付にございますが、売れ残ってしまったので、ばら売りにしまして……」

「じゃあ、この巳の根付を買ったのが誰かは分かりませんかい……」

半次は眉をひそめた。

「はい。申し訳ございませんが、分かりかねます」

番頭の甚八は、詫びるように告げた。

蛇の根付の行方は途切れた。

半次は、小間物屋『紅花堂』を出た。

斜向かいの家並の路地から新吾が現れ、半次の前を横切って善國寺の境内に向かった。

半次は続いた。


夕暮れ時、善國寺境内に参拝客は少なかった。

新吾と半次は、それぞれが追って摑んだ事実を交換した。

「おせつの家にあった蛇の根付、紅花堂で売った物だったのですか……」

「ええ。ですが売れ残っちまって、どうなったのか良く分からないそうです」

「となると、若旦那の清吉が持っていたとしても不思議はないですね」

新吾は身を乗り出した。

「ええ。若旦那の清吉、千鳥の女将のおせつの男の一人だと見て構わないでしょう」

半次は苦笑した。

「だったら、清吉がおせつと何かで揉めて手に掛けたってのもあるかな」

「そりゃあもう……」

半次は苦笑した。

「半次の親分、三河町の万造、その辺りの事で清吉を脅しているのかな」

「悪知恵の働く野郎ですからね。かもしれませんね」

半次は吐き棄てた。

「いずれにしろ清吉か……」

新吾は、店仕舞いを始めた小間物屋『紅花堂』を見つめた。


入谷・応泉寺は夜の闇に包まれていた。

下っ引の音助は、親分の万造を三河町の家に送り、応泉寺にやって来て裏門を潜った。

浅吉は苦笑し、音助に続いて応泉寺の裏門を潜った。

家作には男たちの熱気が溢れていた。

賭場だ……。

浅吉は、若い博奕打ちに迎えられて賭場に入った。

男たちが盆茣蓙《ぼんござ》を囲んでいた。

音助は金を駒に替え、楽しげに盆茣蓙の端に連なった。

浅吉は、顔見知りの博奕打ちに近づいた。

「こりゃあ、浅吉っつぁん……」

「野郎、良く来るのかい……」

浅吉は、博奕を打っている音助を示した。

「いや。近頃、時々だが。浅吉っつぁん、知っているのかい……」

若い博奕打ちは眉をひそめた。

「ああ。ちょいとな……」

浅吉は苦笑した。

「野郎、鳶だと云っているが、本当かな」

「鳶……」

浅吉は眉をひそめた。

音助は、下っ引である事を隠している。

「違うのかい」

博奕打ちの眼が底光りした。

「三河町の万造って岡っ引の尻に付いて歩いているのを見た事があるぜ」

「岡っ引……」

博奕打ちは、厳しい面持ちになった。

「ああ……」

浅吉は頷いた。

音助は、駒を張っては巻き上げられていた。

下手の横好き……。

浅吉は、音助の博奕の腕を見抜いた。

「野郎……」

博奕打ちは、音助を睨み付けた。

「気を付けた方がいいかも知れないぜ」

「云われるまでもねえ。じゃあ、ゆっくり遊んでいってくれ」

博奕打ちは、胴元たちの許に行って何事かを囁いた。

浅吉は、冷たく笑って賭場を後にした。

おきくの病はかなり良くなり、女病人部屋の縁側で日光浴が出来るようになった。

「もう大丈夫だ」

良哲は、縁側の日溜りに座っているおきくを眺めた。

「そいつは良かった」

新吾は微笑んだ。

「それで新吾、文吉はどうなった」

「そいつなんだが、文吉はどうやら下手人に仕立て上げられたようだ」

「酷い話だな。さっさと放免してやるがいい」

「そいつが、下手人じゃあないって確かな証拠がなくてな。とにかく、本当の下手人をお縄にするしかない」

新吾は悔しさを滲ませた。

「面倒なもんだな」

「そいつが奉行所。所詮は役所だ。手続きと面子が整わない限り、たとえ間違っていても認めるわけはない。融通の利かない馬鹿な話だ」

新吾は、若者らしい苛立ちをみせた。

「そいつは分かるが、おきくも顔を見せない文吉に何かがあったんじゃないかと心配をし始めた」

良哲は眉をひそめた。

「そうか……」

おきくは、縁側の日溜りに座り、眩しげに冬晴れの空を眺めていた。

「ああ。文吉が人殺しの疑いで捕らえられていると知れば、ようやく治った病がぶり返すかもな……」

「そいつは拙《まず》い」

新吾は慌てた。

「とにかく新吾。一刻も早く文吉を連れて来るんだな」

「心得た」

新吾は頷いた。

冬晴れの空は何処までも青く穏やかだった。

神楽坂・善國寺には参拝客が訪れ始めていた。

新吾は神楽坂を上がり、小間物屋『紅花堂』の斜向かいの甘味処に入った。

「新吾さん……」

半次が店の奥で茶を飲んでいた。

「やあ……」

新吾は半次の許に行った。

「いらっしゃいませ」

小女が新吾に茶を持って来た。

「ええと……」

新吾は注文する物を考えた。

「新吾さん、場所代を払って話は付けました。無理に甘い物を注文する事はありませんよ」

半次は苦笑した。

「はい。良かったら、お酒を持って来ますか」

小女は明るく笑った。

「そいつはまだだ。茶でいいよ」

「はい。じゃあ、旦那、親分さん、御用があったら呼んで下さい」

小女は板場に戻って行った。

「で、変わった事はありませんか……」

新吾は、障子を僅かに開けた窓から外を見た。斜向かいに見える小間物屋『紅花堂』は、手代や小僧たちが忙しく開店の仕度をしていた。

「そいつが、奉公人たちが何となく威勢が悪いというか、元気がないというか……。昨夜、何かあったのかも知れません」

半次は眉をひそめた。

「清吉はいるんですね」

「ええ。新吾さん……」

半次は、窓の外を示した。

番頭の甚八が、二人の浪人と神楽坂を上がって来て『紅花堂』に入った。開店の仕度をしていた手代や小僧が恐ろしげに見送った。

「小間物屋には似合わない客ですね」

新吾は眉をひそめた。

「ええ。何か起こるかも知れませんぜ」

半次は、厳しい面持ちで頷いた。

新吾は、緊張に喉を鳴らして頷いた。

神田三河町には行商人の売り声が長閑に響いていた。

万造の家から女房のおこんが顔を出し、怪訝な面持ちで辺りを見廻した。

見張っていた浅吉は、素早く物陰に身を隠した。

おこんは眉をひそめて首を捻り、顔を引っ込めた。

おそらく、来るはずの下っ引の音助が来ないのだ……。

浅吉は睨んだ。

下っ引の音助は、賭場で真っ当に博奕を楽しむ限り、その身に何の心配もない。しかし、下っ引が毛筋ほどでも妙な真似をすれば、無事には済まなくなる。

昨夜、入谷・応泉寺の賭場で何があったか分からない。そして、もし何かがあったとして、それが音助の身に関わる事なのかどうかも分からない。いずれにしろ、音助は親分の万造の家にやって来ず、何の連絡もない様子なのだ。

音助の博奕は下手なものだ。負けが込み、馬鹿な真似をしたのかもしれない。

浅吉は苦笑した。

神楽坂・善國寺には参拝者が訪れ、甘味処も客で賑わい始めた。

新吾と半次は、小間物屋『紅花堂』を見張り続けた。

二人の浪人が番頭の甚八に見送られ、『紅花堂』から出て来た。そして、神楽坂を下り始めた。

「半次の親分、私が追います」

「気を付けて……」

新吾は甘味処を出た。

二人の浪人は神楽坂を下りて行く。

新吾は、二人の浪人を追って神楽坂を下った。

四

二人の浪人は、神楽坂を下りて神田川沿いを柳橋の方へ向かっていく。

新吾は、物陰伝いに慎重に追った。

神田川に架かる小石川御門や水道橋の前を通り過ぎると昌平橋になる。

二人の浪人は、昌平橋を渡って神田川を越え、八ツ小路から神田三河町に入った。

岡っ引の万造の家に行くのか……。

新吾は追った。

二人の浪人は、確実に万造の家に近づいて行く。

新吾は確信した。

万造の家に何をしに行くのだ……。

新吾は、二人の浪人の目的を探した。

小間物屋『紅花堂』に頼まれ、万造に逢いに行くのか……。

新吾は、二人の浪人を追った。

二人の浪人は、万造の家の木戸を潜った。

新吾は物陰で見届けた。

「奴ら何者だい」

浅吉が背後にいた。

「紅花堂に頼まれて来たはずだ」

「そうか……」

浅吉は、眉をひそめて万造の家を見つめた。

「何しやがる」

万造の切迫した声が聞こえた。

新吾は、弾かれたように万造の家に走った。

「浅吉」

浅吉が続いた。

縁起棚が激しく揺れ、三方に載せてあった十手が落ちた。

万造は後退り、落ちた十手を拾って構えた。

「こっちはお上の御用を承っているんだ。舐めた真似をすると只じゃあすまねえぞ」

万造は、怒りと恐怖に声を引き攣らせた。

長火鉢に掛けられた鉄瓶からは、湯気が音を鳴らして立ち昇っていた。

「そいつは面白い。どうなるのかな……」

「万造、助けてやると云いながら金を出せと脅すとは、これからも金づるにでもしようって魂胆だな」

二人の浪人は、嘲笑を浮かべて万造に刀を突き付けた。万造は、刀の切っ先から逃れるように大きく仰け反った。

「う、煩せえ。手前らも紅花堂に金を貰って来たんだろうが。五十歩百歩だ」

万造は、額に脂汗を滲ませた。

「ああ、その通りだ」

浪人の一人が苦笑し、刀を無造作に斬り下げた。万造は、十手を振るって必死に躱そうとした。だが、万造の右肩が斬られ、血飛沫が飛び散った。

台所で腰を抜かしていた女房のおこんと飯炊き婆さんが、恐怖に震えて啜り泣き出した。

鉄瓶から湯気が立ち昇った。

「止めろ、止めてくれ……」

万造は、恐怖に顔を醜く歪めた。

「そうはいかねえ……」

もう一人の浪人は、万造の喉元に刀の切っ先を突き付けて冷たく笑った。

次の瞬間、数匹の白い蝶々が舞い込んで来て二人の浪人に向かった。二人の浪人は、季節外れの蝶々に驚いた。同時に飛び込んで来た新吾と浅吉が、二人の浪人に襲い掛かった。蝶々は浅吉の手妻だった。

浅吉は、その手を横薙ぎに一閃した。一人の浪人の刀を握る腕から血が飛んだ。

浪人は刀を落とし、激しく狼狽した。浅吉の手の指には剃刀が挟まれていた。

新吾は、もう一人の浪人の刀を転がって躱した。そして、転がりながら前に進んで浪人の股下から金的を鷲摑みにした。浪人は思わず悲鳴をあげた。新吾は立ち上がり、浪人の親指を捩じ上げて刀を奪い取り、髷を摑んで引きずり倒して早縄を打った。

南蛮一品流の見事な捕縛術だ。

浅吉に腕を切られた浪人は、捕らえられた仲間を残して慌てて逃げた。

「野郎、待て……」

浅吉は追い掛けようとした。

「浅吉……」

新吾は、浅吉を呼び止めた。

「なんだ」

「こいつを頼むぜ」

新吾は苦笑し、斬られた肩を抱えて蹲っている万造を示した。

茅場町の大番屋には、拷問される男の悲鳴があがっていた。

文吉は、仮牢の中で蹲り、両耳を塞いで震えていた。

責める男の怒声と責められる男の絶望的な悲鳴が激しく入り混じった。そして、悲鳴がいきなり途切れ、静寂が訪れた。

文吉は項垂れ、まるで自分が拷問を受けたかのように肩で激しく息をついた。

「文吉……」

鞘土間に新吾が現れた。

「神代さま……」

文吉は新吾に気付き、縋るように戸前口に寄った。

「変わりはないか」

「はい……」

「そいつは良かった」

「神代さま、おきくは、おきくは……」

文吉は、おきくの身を案じた。

「安心しろ。病は随分良くなってな。良哲の話じゃあ、もう、大丈夫だそうだぞ」

「良かった……」

文吉は、満面に安堵を浮かべた。

病のおきくと捕らわれの文吉は、自分の境遇より互いの身を心配している。

新吾は、文吉とおきく夫婦の絆の強さを今更ながらに思い知らされた。

「それで神代さま、おきく、あっしの事は……」

文吉は、新吾に不安げな眼を向けた。

「うん。折角良くなった病がぶり返したら一大事だ。お前の事は内緒にしている」

「ありがとうございます」

文吉は、安心したように頭を下げて鼻水を啜った。

「文吉、放免されるのはもうすぐだ。辛抱するんだぞ」

新吾は励ました。

「はい……」

文吉は頷いた。


詮議場には血と汗の臭いが微かに漂っていた。

小者たちは、捕らえた浪人を座敷にいる風間鉄之助の前に引き据えた。

新吾は、浪人と万造を捕らえた後、半兵衛に報せた。半兵衛は、おせつ殺しの扱い同心の風間鉄之助に何もかも詳しく教え、浪人と万造の調べを任せた。そこには、風間に対する半兵衛の心遣いがあった。風間は、捕違えをするところだった己を恥じた。

　捕違えは吟味違いだけでは済まされない。町奉行所は面目を失い、同心は職を停められるか、切腹である。

　新吾は、白縫半兵衛と共に風間の取調べを見守った。

「名前、名乗って貰おうか……」

　風間は、浪人を睨み付けた。

　浪人は、鼻の先でせせら笑った。

「云いたくなければ、名無しの権兵衛《ごんべえ》としてその汚ねえ面を獄門台に晒すんだな」

　風間は、冷たく突き放した。

　浪人は、僅かに顔色を変えた。

「それで権兵衛、神楽坂の小間物屋紅花堂の誰に頼まれて万造の命を狙ったんだ」

「旦那だ……」

浪人には、義理も人情もなかった。

「旦那ってのは、紅花堂の旦那か……」

「ああ。一人十両で万造を殺してくれと頼まれた」

「一人十両か……」

「ああ……」

「で、殺す理由、どう云っていた」

「店の弱味に付け込んで強請りを掛けて来た。このままでは金づるにされるとな」

小間物屋『紅花堂』の弱味とは、若旦那の清吉がおせつを殺した事なのか。

「それで万造を殺してくれと頼まれたか……」

「ああ……」

浪人は、狡猾な笑みを浮かべた。

「よし。権兵衛を牢に叩き込んで、万造を連れて来い」

風間は、小者たちに命じた。

「俺は権兵衛じゃあない。武州浪人の宮崎芳之助《みやざきよしのすけ》だ。俺は獄門台に首を晒されるような真似はしておらん」

浪人は焦った。

「そいつはどうかな。叩けば嫌でも埃の舞う身体だろう。獄門台に首を晒すわけなんぞ、選り取り見取りだ」

風間は、腹立たしげに告げた。

「半兵衛さん……」

新吾は眉をひそめた。

「脅しだよ」

半兵衛は苦笑した。


小間物屋『紅花堂』は女客で賑わっていた。

半次は、甘味処から見張りを続けた。その視界の中に浅吉が現れた。

浅吉……。

半次は戸惑った。

浅吉は、『紅花堂』を一瞥し、甘味処に入って来た。

「しばらくでした、半次の親分……」

浅吉は、半次のいる甘味処の奥にやって来た。

「達者だったかい」

「はい。お蔭さまで。それで新吾さんからの言伝ですが……」

浅吉は、半次に事の次第を告げた。

新吾は、半兵衛と共に見守った。

肩の傷の手当てをした万造が、風間の前に引き据えられた。

「万造……」

風間は、万造を睨み付けた。

「へい……」

万造の眼に怯えが過ぎった。

「舐めた真似をしてくれたな」

風間は怒りを滲ませた。

万造は、怯えを過ぎらせた眼を伏せた。

「手前、揚場町の居酒屋千鳥のおせつを殺した野郎が誰か知りながら、偶々《たまたま》覗いた揚場人足の文吉を下手人に仕立てたな」

風間は厳しく問い質した。

万造は、言葉もなく震えた。

「おせつを殺した下手人は、紅花堂の若旦那の清吉か」

万造は、俯いたまま頷いた。

「手前、その清吉に金で身代りの下手人を仕立て上げる約束をした。そうだな万造」

万造は震え上がった。

「だが、下手人に仕立て上げようとした文吉への拷問を止められ、白状させられないと知り、さらに清吉に強請りを掛けた。だが、金づるにされると恐れた紅花堂の主は浪人を雇い、手前を殺そうとした。そうなんだろう」

風間は、事の次第を読んでみせた。

何もかも見抜かれている……。

万造は、掠れた呻きを洩らして観念した。

「汚ねえ真似をしやがって、よくも俺の顔を潰してくれたな。覚悟しておきな」

風間は、冷たく嘲笑った。

「半兵衛さん……」

新吾は、半兵衛を促した。

「うん。風間……」

半兵衛は、風間に声を掛けた。

「はい」

「どうやら、文吉は無実に決まったようだな」

「はい。万造の口車に乗り、文吉には申し訳のない事をしました」

風間は、文吉への詫びの言葉を口にした。

「じゃあ風間さん、文吉を放免しても良いですか」

新吾は身を乗り出した。

「ああ。勿論だ」

文吉は、おきくの許にようやく帰る事が出来る。

「分かりました。じゃあ俺が……」

新吾は、喜びに顔を輝かせた。


半兵衛は、風間と一緒に神楽坂に急いだ。

神楽坂の小間物屋『紅花堂』では、半次が待っていた。

「半次、旦那と若旦那の清吉、いるね」

「はい……」

半次は頷いた。

「風間、私が後見する。旦那と清吉をお縄にするんだな」

「はい。ご造作を掛けます」

「うん。半次……」

「はい。風間の旦那、お供しますぜ」

半次は捕縄を出した。

風間は、半兵衛や半次と小間物屋『紅花堂』に踏み込んだ。


小間物屋『紅花堂』の若旦那・清吉は、居酒屋『千鳥』の女将のおせつと男女の仲だった。そして、金で争いになり、匕首で刺し殺してしまった。慌てた清吉は、岡っ引の万造に助けを求めた。万造は、店を覗いた文吉を殴り倒して捕らえ、下手人に仕立て上げようとした。

清吉は、おせつ殺しの下手人として捕らえられた。そして、『紅花堂』の主で清吉の父親は人殺しを依頼した罪でお縄になり、店は闕所《けっしょ》となった。

岡っ引の万造は、強請りとお上を誑《たぶら》かそうとした咎で捕らえられ、いずれは死罪の裁きが下るはずだ。

新吾は、放免となった文吉を伴って養生所に戻った。

養生所の庭には冬の日差しが溢れていた。

おきくは、女病人部屋の縁側の日溜りに座っていた。

「おきく……」

文吉の頬に涙が零れた。

「さあ、待ち草臥《くたび》れているよ」

新吾は、文吉を促した。

「はい……」

文吉は涙を拭い、庭を横切っておきくの許に急いだ。

おきくは、文吉に気付いて明るく笑った。

翌日、文吉とおきくは、良哲とお鈴、そして新吾に深々と頭を下げて礼を述べ、蓮沼村に帰って行った。

文吉とおきくは、庇い合うように身を寄せ合って行く。

新吾は、眩しげに眼を細めて見送った。

「どうやら無事に終わったようだな」

浅吉が現れ、文吉とおきくを見送った。

「何処に行っていた」

新吾は眉をひそめた。

「万造の下っ引の音助が気になってな」

「そういえば、音助、どうしたんだ」

「実はな……」

浅吉は、新吾に賭場での事を話した。

「それで音助、どうなったんだ」

「負けが込んで、いかさまの真似事をして袋叩きにされ、家で寝ていたぜ」

浅吉は、呆れたように笑った。

「そいつは、運が良かったのか悪かったのか」

新吾は苦笑した。

「ああ。袋叩きにされていなかったら浪人に斬られたか、お縄になったかだ……」

「うん。人なんぞ、角を曲がると何に出逢うか分かったものじゃあない」

新吾は、腹の底からそう思った。

人は思わぬところで、意外なものと不意に出逢う……。

文吉が人殺しにされ掛かったのも、音助が博奕打ちに袋叩きにされたのも、曲り角から不意に思わぬものが現れたからなのかもしれない。

人は思惑通りに生きていけるものではない……。

新吾と浅吉は、湯島天神男坂下の飲み屋『布袋屋』に向かった。

夕暮れの町には、冷たい風が吹き抜けて風花が舞った。

第四話

残り火

一

朝、外濠には薄氷が張っていた。

神代新吾は、小石川養生所に行く前に、北町奉行所の同心詰所に顔を出した。

「おお。新吾、良いところに来た」

臨時廻り同心の白縫半兵衛は、新吾を呼び止めた。

「お早うございます。何ですか……」

「うん。昨夜、代官橋の袂で村井《むらい》浩一郎《こういちろう》って御家人が刺し殺されてね」

「代官橋で……」

代官橋は、不忍池から流れる忍川に架かっている小橋であり、下谷の町と御徒町の組屋敷の近くにあった。

「それで、刺したのは職人風の若い男なんだが、刺された村井と一緒にいた御家人に斬られて逃げたそうだ」

「斬られて逃げたんですか……」

新吾は眉をひそめた。

「うん。それで、ひょっとしたら養生所に傷の手当てに行くかもしれない。その時は、よろしく頼むよ」

「分かりましたが、その職人風の男、名前は何ていうんですか」

「そいつがまだ分からない」

「じゃあ何故、御家人は刺し殺されたんですか」

「そいつもこれからだ」

半兵衛は苦笑した。

「そうですか……」

新吾は頷いた。


小石川養生所は、風邪を引いた患者で溢れていた。

新吾は、外科の診察室を覗いた。

外科医は大木俊道であり、患者は少なかった。新吾は、俊道に刀傷の治療に来た患者がいないか尋ねた。

「いるよ。一人……」

俊道は眉をひそめた。

「職人風の若い男ですか……」

「うん。胸の下を袈裟に斬られているよ」

「やっぱり、いましたか。で、今は……」

「しばらく病人部屋に泊める事にしたが、何をしたのかな」

「昨夜、御家人を刺し殺し、その仲間に斬られて逃げたそうです」

「ほう、それはそれは……」

俊道は首を僅かに傾げた。

「何か……」

「とても人を殺めたようには、見えない男だよ」

「そうですか……」

新吾は、微かな戸惑いを覚えた。

「で、傷はどんな具合ですか」

傷の具合によっては、半兵衛に引き渡さなければならない。

「今、下手に動かせば、助かる命も助からないよ」

「そうですか。で、名前は……」

「黄楊櫛《つげぐし》職人の佐助《さすけ》だよ」

「黄楊櫛職人の佐助。で、斬られた理由、何て云っているんですか」

「酒に酔って浪人と喧嘩をしたとか……」

「喧嘩ねえ。逢えますか」


男病人部屋は暖かく、薬湯の匂いが籠もっていた。

黄楊櫛職人の佐助は、熱っぽい眼で天井を見上げていた。

「佐助さん、入るよ」

「は、はい……」

俊道が障子を開け、新吾と共に入って来た。

佐助は、身を起こそうとした。

「いや。そのままにしていなさい」

俊道は、佐助の腹の傷口に当てていた晒しを替えた。

佐助は、新吾に目礼をして眼を瞑った。その顔には、怯えや昂りは微塵もなく、静かなままだった。

御家人の村井浩一郎を刺し殺した後ろめたさはない……。

新吾は、少なからず戸惑った。

「新吾さん……」

俊道は、晒しを取り替え終えた。

「私は北町奉行所養生所見廻り同心の神代新吾だ。黄楊櫛職人の佐助だね」

「はい……」

佐助は、覚悟を決めているかのように眼を瞑ったまま頷いた。

「昨夜、代官橋の袂で御家人の村井浩一郎を刺し殺したな」

「はい」

佐助は、呆気ないほど素直に頷いた。

新吾は、思わず俊道と顔を見合わせた。

「何故、殺めたんだ」

「それは……」

佐助は、顔を歪めて黙り込んだ。

沈黙が流れた。

「理由、云いたくないか……」

「はい……」

佐助は頷いた。

「そうか。ま、いい」

「申し訳ございません」

佐助は詫びた。

「なあに、私は町奉行所の同心でも、定町や臨時廻りの三廻りじゃあなく、養生所見廻り同心だ。咎人をお縄にする役目じゃあない。詫びる必要はないよ」

新吾は苦笑した。

「その代わり、傷が良くなったら北町奉行所に連れていくよ」

「分かりました」

佐助は、新吾を見つめた。

「ま、それまで俊道先生の云う事を聞いて養生するんだな」

「はい……」

佐助は、寝たまま僅かに頭を下げた。

新吾と俊道は、佐助の男病人部屋を出た。

連なる病人部屋は障子を閉め、冬の寒さに静まり返っていた。

新吾と俊道は診察室に戻った。

「俊道さん、どう思います」

「うん。殺めたのは素直に認めたのに、理由を云わないのが気になるね」

俊道は、新吾の疑問を読んだ。

「酒に酔っての喧嘩じゃありませんか……」

「ああ。それに妙に落ち着いているというか、覚悟を決めて殺めたようにみえる」

「ええ。御家人の村井浩一郎を殺めた事に後悔もなければ、捕らえられる怯えも感じさせません」

「うん」

「相手は侍。当然、逆に斬られて殺されるのも覚悟していたはずです。そして、深手を負うと養生所に来た。まだ死にたくないってところですか……」

「きっと……。で、どうする」

「一応、半兵衛さんに報せますが、俊道先生の見立ては、しばらく養生所から動かせないと云っておきます」

新吾は笑った。

雲は重く垂れ込め、今にも雪が降りそうな気配だった。

下谷練塀小路《したやねりべいこうじ》の組屋敷街はひっそりとしていた。

隣の下谷長者町二丁目の一膳飯屋は、昼飯時も過ぎて客は少なかった。

半兵衛と本湊の半次は熱燗をすすった。

温かい酒は、五体の隅々に染み渡った。

「いやあ、温まるね」

「はい」

半兵衛と半次は、殺された御家人の村井浩一郎の弔いに訪れ、交友関係に下手人がいないか調べた。

「それにしても淋しい弔いでしたね」

半次は酒をすすった。

村井浩一郎の弔いは、世間を憚る淋しいものだった。

「うん。八十石取りの小普請組、刀も抜かずに町人に刺し殺されたとなると、家はお取り潰しになるだろうな」

「じゃあ、お袋さんは……」

村井浩一郎は、二十五歳で母親と二人暮らしだった。

「組屋敷を追い出されるだろうな」

半兵衛は手酌で酒を飲んだ。

「気の毒に……」

半次は、村井浩一郎の母親に同情した。

「それにしても仏さん、あまり評判良くないですね」

「うん。小普請組で暇なのを良い事に毎日酒を飲んで賭場に女郎屋通いだ。恨まれている事もあるだろうな」

「はい。そうなると殺った職人、仏さんを恨んでいたって事になりますかね」

「出合い頭の喧嘩じゃあないなら、きっとね」

半兵衛は頷いた。

「じゃあ、あっしは仏さんの身辺を詳しく洗ってみます」

「うん。私は一緒にいて職人を斬った矢部《やべ》真之丞《しんのじよう》に当たってみるよ」

「分かりました」

半兵衛と半次は、熱い味噌汁に飯を入れて貰って食べ、それぞれの探索に向かった。

隅田川は冬色に染まっていた。

佐助が住まう桜長屋は、浅草今戸町の片隅にあった。

新吾は、桜長屋の大家を訪ねた。

「佐助が怪我を……」

大家は驚いた。

「うん。それで養生所に入室しているのだが、佐助に家族はいるのかな」

「いいえ。佐助は独り者でしてね。酒も女遊びもしない真面目な働き者ですよ」

大家は、店子の佐助を褒めた。

「ほう、そんな奴ですか……」

新吾は戸惑った。

「で、佐助の怪我はどんな具合なんですか」

「今のまま養生をすれば助かるそうです」

「そりゃあ良かった……」

御家人を殺した事を知らない大家は、佐助の為に喜んだ。

「それで、佐助の家に案内してはくれませんか」

「はい……」

大家は、新吾を桜長屋に案内した。

長屋の木戸口には、名前の謂われになった桜の古木が一本あった。

大家は、木戸口を潜って佐助の家の腰高障子を開けた。

薄暗く狭い家には、黄楊櫛作りの石馬と呼ばれる作業台があり、手入れのされた鉋や鋸、鉄のやすりなどの道具が整然と並べられている。そして、蒲団が畳まれ、火鉢と小さな卓袱台があった。

大家の云う通り、佐助は真面目な働き者のようだった。

「長屋に佐助と親しく付き合っていた者はいないかな」

「さあ、隣り近所とは普通に付き合っていたようですが、何分にも無骨な独り者でしてね。親しくしていた者は……」

大家は首を捻った。

「そうですか。じゃあ、作った黄楊櫛、佐助は何処に卸していたのか分かりますか」

「それはもう。浅草広小路にある和泉屋さんって小間物問屋ですよ」

「浅草広小路の和泉屋……」

新吾は、隅田川沿いの道を浅草広小路に向かった。

隅田川を吹き抜けた風は、新吾の着物の裾を冷たく乱した。

浅草広小路は、冬の寒さにもかかわらず賑わっていた。

小間物問屋『和泉屋』は、浅草寺雷門の斜向かいにあった。

新吾は、『和泉屋』の帳場で番頭と向かい合った。

「佐助さん、怪我をしたのですか……」

番頭は驚いた。

「ええ……」

「それで、怪我の具合は如何なんでしょうか」

「命は助かるそうです」

「そりゃあ良かった」

番頭は、安心したような笑みを浮かべた。

桜長屋の大家と小間物問屋の番頭……。

佐助は年上の者たちから信用され、心配される人柄なのだ。

「ええ。それで、村井浩一郎という御家人を知っていますか」

新吾は、佐助が村井を刺し殺したのを隠して尋ねた。

「御家人の村井浩一郎さまですか……」

「ええ。佐助と何らかの関わりがあるはずなんだがね」

「さあ、存知ませんが……」

番頭は、不安げに首を捻った。

『和泉屋』の店内には、様々な簪や笄、そして櫛などが並べられていた。

「和泉屋に佐助と親しくしていた奉公人、いないかな」

「親しくしていた奉公人ですか……」

「ええ……」

「実はうちに通い奉公をしていた女中がいましてね。その女中と親しかったようなんですが……」

番頭は眉を曇らせた。

「その女中がどうかしたんですか……」

新吾は、怪訝な眼差しを番頭に向けた。

「はい。三ヶ月前、大川に身投げをして死んでしまったのです……」

「身投げ……」

「はい」

「どうして身投げなんかをしたんですか……」

新吾は眉をひそめた。

「さあ、それが分からないんです……」

番頭は首を捻った。

佐助と親しかった女中は、三ヶ月前に身投げをしていた。それが、佐助の御家人村井浩一郎殺しに関わりがあるのかもしれない。

「で、その女中、何て名前なんですか……」

「おゆきです」

「おゆき……」

新吾は、女中のおゆきの身投げの理由を探る事にした。

御家人の矢部真之丞は、眼の前で刺し殺された村井浩一郎の弔いにも出ず、練塀小路の組屋敷にもいなかった。

白縫半兵衛は、矢部真之丞を探した。

矢部真之丞は、明るい内から湯島天神門前の場末の飲み屋で酒を啜っていた。

半兵衛は、矢部の前に座った。

矢部は、酒に酔った眼を半兵衛に向けた。

「やあ……」

半兵衛は微笑み掛けた。

「何だ、お前は……」

「北町奉行所臨時廻り同心白縫半兵衛って者だよ」

「不浄役人か……」

矢部は、軽蔑を露骨に浮かべた。

半兵衛は苦笑した。

「矢部真之丞さんだね」

「不浄役人に用はねえぜ」

矢部は、鼻先でせせら笑った。

「お前さんになくても、私にはあってね」

半兵衛は、厳しく矢部を見据えた。

「何だと……」

矢部は僅かにうろたえた。

「いいかい、矢部さん。箸にも棒にも掛からないろくでなしの御家人が世の中から消えても、御公儀は無駄飯食いが減ったと喜ぶだけだよ」

半兵衛は静かに告げた。

矢部は、微かな怯えを過ぎらせた。

「何なら、お前さんが今までやって来た事を詳しく調べ上げてもいいんだがね」

矢部は、黙り込んで酒を呷った。

「そいつが、不浄役人と侮られ、罵られる私たちのささやかなお返しでね」

半兵衛は、笑いながら脅しを掛けた。

「親父、酒だ。酒をくれ」

矢部は、店の親父に空の徳利をかざした。

「用ってのは何だ」

矢部は、眼を逸らしたまま訊いた。

「村井浩一郎を殺めた職人に心当たり、ないのかな」

「ない。初めて見た野郎だ。それに俺は、村井を刺した職人を斬ったんだ」

「だが、止めを刺せず取り逃がした。職人相手に武士としては間抜けな話だ」

矢部は、半兵衛の言葉に顔を歪めた。

事件を調べた徒目付《かち》も同じ事を云い、矢部に軽蔑の眼を向けて嘲笑した。

矢部は、親父が持って来た新しい酒を手酌で飲んだ。

「じゃあ、村井がどうして殺されたのか、知っているかい」

「知るか、そんな事……」

「惚けても無駄だよ。村井とお前さんは、いつもつるんで遊んでいたと聞いているぜ」

半兵衛は出方を窺った。

矢部は、微かに震えながら酒を啜った。

半兵衛は苦笑した。

二人が噂通り一緒に遊んでいるとしたなら、矢部真之丞を調べれば、殺された村井浩一郎の素行も分かるはずだ。

「ま、今日のところはもういい。明日、素面《しらふ》の時にゆっくり聞かせて貰うよ」

半兵衛は、そう言い残して飲み屋を出た。そして、自身番に赴いて番人に柳橋の船宿『笹舟』まで使いを頼んだ。湯島天神門前から柳橋まで遠くはない。

自身番の番人は、半兵衛に貰った心付けを握り締めて柳橋に駆け出した。

半兵衛は番人を見送り、再び場末の飲み屋に戻って矢部真之丞の見張りを始めた。

湯島天神門前に夕暮れ時が近づいた。

僅かな時が過ぎた。

「半兵衛の旦那……」

托鉢坊主の雲海坊《うんかいぼう》が現れ、饅頭笠をあげて顔を見せた。

「やあ、急に悪かったね」

半兵衛は労った。

「いいえ。親分は幸吉《こうきち》っつぁんと出掛けていましてね。とりあえずあっしが来ましたが」

雲海坊は、岡っ引の柳橋の弥平次《やへいじ》の手先を勤めている。

「よろしかったでしょうか……」

「そりゃあ勿論だ」

半兵衛は、村井浩一郎殺しの一件を教えた。

「成る程、それでつるんでいた矢部真之丞の野郎の素行を調べ、殺された村井さん、誰にどうして恨まれているか突き止めますか……」

雲海坊は、勘の良いところをみせた。

「流石は雲海坊。その通りだが、やってくれるかい」

「そりゃあもう、お任せ下さい」

雲海坊は、笑顔を見せた。

盛り場に連なる飲み屋の軒行燈に火が灯り始めた。

二

身投げをしたおゆきの家は、浅草三好町の裏長屋にあった。

三好町は、公儀の米蔵である浅草御蔵と御厩河岸《おんまやがし》の傍にあった。

三ヶ月前、おゆきは裏長屋の傍の御厩河岸から大川に身を投げた。

新吾は、小間物問屋『和泉屋』の女中たちにおゆきの身投げに心当たりがないかを尋ねた。だが、身投げに心当たりのある女中はいなかった。

「おゆきちゃん、佐助さんから女房になってくれと申し込まれ、とっても喜んで夫婦約束をしたばかりだったのに……」

若い女中が涙を拭った。

「佐助と夫婦約束……」

新吾は少なからず驚いた。

「はい」

おゆきは、佐助と夫婦約束をしていた。そして、その直後に身投げをしていた。

何がおゆきに身投げをさせたのか……。

新吾は、朋輩の女中たちに聞き込んだ後、おゆきの家のある浅草三好町の裏長屋を訪れた。

裏長屋のおゆきの家では、彫金師の年老いた父親の吾平《ごへい》が背を丸めて仕事をしていた。

新吾は、吾平に娘のおゆきの身投げの理由を尋ねた。

「知らねえ……」

吾平は、娘おゆきの身投げの理由を知らないのではなく、知りたくないのかもしれない。吾平は、新吾に眼もくれず仕事を続けた。父娘二人だけで暮らして来た吾平にとり、おゆきの身投げは激しい衝撃を与えたのだ。

新吾は、裏長屋の住人たちにおゆきの様子を尋ねた。おゆきは、優しく真面目な働き者として評判が良い娘だった。

新吾は、おゆきが身を投げた御厩河岸に佇み、大きくうねりながら流れる夕暮れの大川を眺めた。

おゆきは、どうして身投げをしたのだろうか……。

おゆきの身投げは、佐助の御家人村井浩一郎殺しに関わりがあるのだろうか……。

新吾は思いを巡らせた。

夕暮れの大川を行き交う船は、暗い流れに舟行燈の明かりを映していた。


夜、湯島天神門前町の盛り場は寒さにも負けずに相変わらず賑わっていた。

御家人の矢部真之丞は、飲み屋を出て本郷通りに向かって行く。

ようやく動いた……。

雲海坊は矢部真之丞を追った。

矢部は、本郷通りを進んで旗本屋敷の表門脇の潜り戸を叩いた。

覗き窓が開いて中間が顔を見せた。

矢部が何事かを告げた。

潜り戸が開いた。

矢部は潜り戸を入った。

賭場だ……。

雲海坊は、旗本屋敷の中間部屋で賭場が開かれていると睨んだ。

雲海坊は、旗本屋敷の表門が見通せる路地に潜み、腰に下げていた竹筒の酒を飲んだ。

冷えた身体は、ゆっくりと温まっていく。

囲炉裏の火は燃えあがり、掛けられたばかりの鍋が音を鳴らしていた。

「黄楊櫛職人の佐助か……」

半兵衛は眉をひそめた。

「はい。御家人の村井浩一郎を刺し殺したのは認めています」

新吾は、半兵衛の組屋敷に寄って報せた。

「そうか。で、矢部に斬られた傷の具合はどうなんだ」

「今、動かせば命取り、しばらく養生所に置いておいた方がいいと、俊道先生が云っています」

「仕方があるまい……」

半兵衛は頷いた。

「それにしても新吾。その佐助、どうして村井を刺し殺したんだい」

「そいつが、佐助は頑として云わないのです」

「云わない……」

「ええ……」

新吾は頷いた。

「ですが、佐助には云い交わした娘がいましてね。その娘、何故か三ヶ月前に大川に身投げをしているんです」

「身投げだと……」

半兵衛は驚いた。

「はい」

「身投げの理由はなんだ」

「そいつが、誰に聞いても分からないのです」

「分からないか……」

半兵衛は眉をひそめた。

「ええ。ですが、佐助なら知っているかもしれません」

「うん。明日、私も養生所に行き、佐助に逢ってみよう」

「はい……」

「そうか、黄楊櫛職人の佐助か……」

半兵衛は吐息を洩らした。

「半兵衛さん、身投げした娘、おゆきというんですがね。その娘の身投げ、佐助が村井浩一郎を刺し殺した件と関わりがあると思えませんか」

新吾は、己の睨みを告げた。

「きっとね……」

囲炉裏の火が爆《は》ぜ、火花が舞い散った。

「半兵衛の旦那……」

裏口の戸が静かに叩かれた。

「おう。入ってくれ」

「ご免なすって……」

裏口から半次と雲海坊が入って来た。

「おう。二人一緒か……」

「はい。海賊橋で一緒になりましてね。こりゃあ新吾さん……」

半次と雲海坊は、新吾に挨拶をした。

「寒かったろう。ま、温まってくれ」

半兵衛は、半次と雲海坊を囲炉裏端に招いた。

半次と雲海坊は、囲炉裏の火に手をかざした。

「で、どうだい」

「はい。矢部真之丞は、あれから本郷の旗本屋敷の賭場で遊んで、練塀小路の組屋敷に帰りました」

雲海坊は報せた。

「そいつはご苦労だったね」

「いえ。叩けば埃が舞い上がるような野郎です。明日は朝から張り付いてみますよ」

雲海坊は張り切った。

「うん。で、半次の方はどうだった」

「そいつが旦那。村井浩一郎の奴、他人の弱味に付け込んでは、強請りたかりを働いていたようですぜ」

「強請りたかり……」

　半兵衛は厳しさを浮かべた。

「ええ。大店の娘を手込めにして、黙っていて欲しければ金を出せとか……」

　半次は怒りを滲ませた。

「酷い真似をしやがる。じゃあ、つるんでいた矢部の野郎も一丁嚙んでいますね」

　雲海坊は身を乗り出した。

「おそらくな……」

　半次は頷いた。

「よし、化けの皮を剝がしてやる」

　雲海坊は、楽しげな笑みを浮かべた。

「実はな、半次、雲海坊。村井を刺し殺した下手人が分かったよ」

「分かった……」

　半次は驚いた。

「うん。新吾、教えてやってくれ……」

「はい……」

半兵衛は、新吾に説明を任せて囲炉裏に掛けた鍋の蓋を取った。

雑炊の美味そうな匂いが漂った。


小石川養生所は寝静まっていた。

佐助は、傷口に晒しを固く巻き付けた。傷口は痛み、寒さにもかかわらず額に脂汗が滲んだ。佐助は、痛みに耐えながら身支度を整えた。そして、火鉢の火を始末して廊下に出た。

明かりの灯された薄暗い廊下には、病人部屋で眠る患者たちの鼾が洩れていた。

佐助は、薄暗い廊下を足音を忍ばせてゆっくりと進んだ。

恨みは必ず晴らす……。

佐助の一念は、傷の痛みや寒さを感じさせなかった。


千駄木団子坂の通りは、冬の月明かりに蒼白く照らされていた。

手妻の浅吉は、千駄木坂下町の寺の賭場を出て団子坂を進んでいた。

博奕は大勝ちも大負けもせず、程々の金を稼いで楽しんだ。

行く手の暗がりに人影が過ぎって倒れ込んだ。

どうした……。

浅吉は眉をひそめ、倒れた人影に向かって走った。

家並みの路地に佐助が倒れ、腹を押さえて息を荒く鳴らしていた。

「おい。どうした……」

浅吉は、倒れている佐助を助け起こした。

佐助は苦しげに呻いた。

浅吉は、佐助の腹を押さえている手に血が付いているのに気が付いた。

「怪我をしているのか……」

浅吉は眉をひそめた。

「ああ……」

佐助は声を嗄らした。

浅吉は、佐助の着物を染めている血に戸惑った。

「こいつは酷え。よし。養生所に担ぎ込んでやるぜ」

浅吉は、佐助を助け起こそうとした。

「ま、待ってくれ……」

佐助は、苦しげに顔を歪めて浅吉を見上げた。

新吾は、半兵衛と連れ立って小石川養生所に向かった。

八丁堀から日本橋、そして神田川に架かる昌平橋を渡り、本郷通りを進んだ時、行く手から養生所の下男の五郎八が走って来た。

「五郎八じゃあないか」

「あっ、神代さま、良かった……」

五郎八は立ち止り、両手を両膝について激しく息を鳴らした。

「どうした」

「へい。佐助さんがいなくなりました」

「何だと……」

新吾は驚いた。

「新吾……」

「はい。五郎八、後から来い」

新吾は五郎八を残し、本郷通りを猛然と走り出した。

半兵衛が続いた。

病人部屋は冷え切っていた。

半兵衛と新吾は、俊道の案内で佐助のいた病人部屋に入った。

半兵衛は火鉢を調べた。火鉢の炭には灰が盛られていた。

「火の始末は誰がやったのです」

「介抱人が来た時には、火の始末はしてあったそうです」

俊道は眉をひそめた。

「佐助が始末して出て行ったか……」

半兵衛は苦笑した。

「真面目で几帳面な奴なんですよ」

新吾は、畳まれた布子や蒲団を苛立たしげに見廻した。

「神代さま……」

庭先に下男の宇平がやって来た。

「どうした、宇平の父っつぁん」

「裏門の外に血の痕がありました」

「よし。案内して貰おう」

「へい。こちらです」

半兵衛と新吾は、宇平に続いて裏門に向かった。

俊道が続いた。

裏門の外の道端に僅かな血の滴りがあった。

「佐助の血かな」

「うん。おそらく傷口が開いたんだろう」

俊道は、眉をひそめて頷いた。

「新吾……」

半兵衛は、新たな血痕を見つけた。血痕は御殿坂に続いていた。

「半兵衛さん……」

「うん。追ってみよう」

半兵衛と新吾は、僅かな血痕を追い始めた。


下谷練塀小路の組屋敷街は朝の静けさに包まれていた。

半次と雲海坊は、御家人の矢部真之丞の屋敷の見張りに付いた。

矢部真之丞は、すでに両親を亡くしており、奉公人もいなく一人暮らしだった。

矢部はまだ眠っているのか、組屋敷の雨戸は閉められたままだった。

半次と雲海坊は、矢部の素行を調べて村井と一緒に行った悪行を割り出そうとしていた。

その悪行に佐助や身投げをしたおゆきの絡むものがあるのかもしれない。そして、それが佐助の村井殺しに繋がるのかもしれないのだ。

半次と雲海坊は、矢部屋敷を見張った。


血痕は途絶えた。

「半兵衛さん……」

「うん。血痕はここで途切れているな……」

半兵衛は辺りを見廻した。

そこは、千駄木団子坂の通りだった。

「この近くの何処かにいるんですかね」

新吾は眉をひそめた。

「かもしれないが、誰かに助けられて何処かに運ばれたってのもあるよ」

「ええ。それにしてもあの傷で……。死んだらどうする気だ」

新吾は苛立った。

「新吾、佐助は死んでも良いと思っているんだよ」

「半兵衛さん……」

「死ぬ覚悟で何かをする気なんだよ」

半兵衛は、淋しげに辺りを眺めた。

「何かって……」

「新吾、佐助はその何かをする為に養生所に傷の手当をしに行き、自分が村井を刺し殺した事も認めた。違うかな」

「やはり佐助が養生所に来たのは、助かりたくてじゃあなく、まだ何かをしたいから手当を……」

「うん。だから妙に落ち着いていて、怯えも昂りも見せなかった」

半兵衛は読んだ。

新吾は、佐助の覚悟を知った。

佐助は何をしようとしているのか……。

新吾は、微かな焦りを覚えた。

昼が近づいた。

矢部が組屋敷から現れ、だらしなく欠伸をしながら練塀小路を下谷広小路に向かって行く。

「半次の親分……」

「ああ……」

半次と雲海坊は矢部を追った。

矢部は、下谷広小路の裏通りにある一膳飯屋の暖簾を潜った。

「先ずは朝飯か……」

半次は物陰から見送った。

「働きもせず、いい気なもんだ」

雲海坊は吐き棄てた。

半刻が過ぎた。

雲海坊は、一膳飯屋の店内の様子を窺って来た。

「矢部の野郎、酒を飲んでいますぜ」

雲海坊は、腹立たしげに半次に告げた。

「そいつも今のうちだけだ」

半次は嘲笑を浮かべた。

植木屋『植宗』の広い庭に植えられている木々は、冬の風に枝を鳴らしていた。

そして、木々の陰に小さな家作があった。

佐助は天井を見つめていた。

腹の傷口からの血も止まり、痛みもようやく治まった。

あのまま養生所にいたら役人の監視が厳しくなり、動きが取れなくなる……。

佐助はそれを恐れ、養生所を脱け出した。

「やあ。眼が覚めたかい……」

浅吉が板戸を開けた。

「はい……」

佐助は身を起こそうとした。

「そのままでいいぜ」

浅吉は、足音も立てずに入って来て佐助の傍に座った。

「すみません……」

「気にするな」

「はい……」

「俺は浅吉。お前さんは……」

「佐助と申します」

「そんな傷で養生所を脱け出すとはな」

浅吉は呆れた。

「ま、しばらく大人しくしているんだな」

浅吉は、養生所を脱け出した理由を訊かなかった。佐助は戸惑った。

「あの……」

「なんだい」

「養生所、どうして脱け出したかは……」

「人はそれぞれ。話したければ話すが良いが、無理をする事はねえさ」

浅吉は苦笑した。

三

下谷広小路の呉服屋『寿屋』は女客で賑わっていた。

矢部真之丞は、一膳飯屋を出てから広小路に戻り、呉服屋『寿屋』に入った。

「野郎、呉服屋の客って面じゃあねえや」

雲海坊は眉をひそめた。

「うん。何の用で入ったのか見てくるぜ」

半次は、矢部を追って『寿屋』に入った。


華やかな店内には不似合いな客だった。

矢部は、帳場に腰掛け、小僧の差し出した茶を啜りながら店内を見廻した。

半次は、飾られた着物や反物を見ながら矢部の傍に近づいた。

『寿屋』の奥から番頭と初老の主が出て来た。

「これはこれは、矢部さま……」

初老の主は矢部に頭を下げ、薄く小さな紙包みを差し出した。

「いつもすまんな」

矢部は、嘲笑を浮かべて紙包みを受け取った。紙包みの厚みと大きさから見て、五枚ほどの小判が入っているはずだ。

半次は、飾られた着物の陰から見守った。

「いいえ、とんでもございません」

「おなかは達者にしているかな」

矢部は狡猾な笑みを浮かべた。

「は、はい……」

初老の主は顔を強張らせた。

「ま、嫁入り前の娘が、手込めにあったと知れぬよう、充分に気を付けるんだな」

矢部は、金包みを懐に入れて立ち上がった。

「邪魔をしたな。また、来月来るぜ」

矢部は、嘲笑を浮かべて『寿屋』から出て行った。半次が続き、雲海坊が並んだ。

「どうでした」

雲海坊は、広小路を行く矢部を半次と一緒に追った。

「野郎、寿屋を脅して金づるにしていやがる」

半次は、矢部の後ろ姿を睨み付けた。

「じゃあ、殺された村井も……」

「ああ。同じ穴の狢《むじな》に違いねえ」

半次と雲海坊は矢部を尾行した。

矢部は、擦れ違う人々に値踏みをするかのような眼を向け、下谷広小路の賑わいを進んだ。


養生所の午後の診療は終わりに近づいていた。

新吾は、半兵衛と共に佐助の行方を追った。だが、佐助は見つからず、養生所見廻り同心の仕事に戻っていた。

「神代さま……」

下男の宇平が役人部屋に顔を出した。

「なんだい、父っつぁん……」

「はい。表に浅吉っつぁんが来ていますよ」

「そうか……」

新吾は、仕事を片付けて養生所の表に向かった。浅吉が表門の傍で待っていた。

「やあ、浅吉……」

「どうだ。一杯……」

浅吉は、新吾を酒に誘った。

「いいな」

新吾は頷いた。

湯島天神男坂下の飲み屋『布袋屋』の赤提灯は夜風に揺れていた。

新吾と浅吉は、板場の横にある小部屋に入った。小部屋に置かれた火鉢には炭が赤く熾きていた。

「今日は良い泥鰌《どじょう》が入っているぜ」

亭主の伝六は、酒を持って来て勧めた。

「泥鰌鍋か。いいね」

新吾は頼んだ。

「ああ……」

浅吉は頷き、新吾の猪口に酒を満たした。

「よし。格別に美味いのを作ってやるよ」

伝六は板場に戻った。

新吾と浅吉は酒を飲み始めた。

「どうだい。近頃、面白い話はねえかい」

浅吉は、新吾に内緒で佐助を調べようとしていた。

「面白い話……」

「ああ……」

浅吉は、猪口の酒を飲み干した。

「面白い話じゃあないが、養生所の病人部屋から怪我人が消えてしまってな」

「怪我人が消えた」

佐助の事だ……。

浅吉は、眉根を寄せて戸惑いを装った。

「うん……」

新吾は、浅吉の芝居に気付かず、手酌で酒を飲んだ。

「怪我、たいした事、なかったのか」

「いや。そいつは、御家人を刺し殺して一緒にいた侍に腹を斬られてな。下手に動くと命に関わるんだよ」

「そいつ、本人は知っているのかい」

「うん……」

新吾は頷いた。

佐助は、御家人を刺し殺して役人に追われる身であり、死を覚悟して養生所を脱け出した。

「それなのに動いたのか……」

浅吉は、佐助の腹の傷を思い出した。

「ああ。それで探しているんだが、見つからなくてな」

新吾は眉をひそめた。

「それにしても、どうして養生所を逃げ出したんだろうな」

浅吉は、新吾に怪訝な眼を向けた。

「半兵衛さんの睨みじゃあ、まだ何かをしたいからだろうと……」

「まだ何かをしたい……」

「ああ。養生所にいたら半兵衛さんたちの見張りが厳しくなる。だから、その前に逃げたんだろうな」

「そうか……」

浅吉は酒を飲んだ。

「その何かってのが分かればな……」

新吾は猪口の酒を呷り、吐息を洩らした。

「うん……」

佐助は何をしようとしているのか……。

浅吉は酒を啜った。

「おまちどお……」

伝六が、泥鰌鍋を持って来て火鉢の五徳に載せた。美味そうな匂いが小部屋に広がった。


行燈の明かりは、土間に続く居間を仄かに照らした。

浅吉は、居間に続く座敷の板戸を僅かに開けた。薬湯の匂いが微かに漂い、佐助の寝息が聞こえた。寝息は規則正しく続き、異状を感じさせなかった。

黄楊櫛職人の佐助は、村井浩一郎という御家人を刺し殺し、一緒にいた矢部真之丞に腹を斬られた。そして、まだ何かをしようとしている。

今、佐助はその何かをやる為、怪我を治そうとしている。

何をやる気なのだ……。

浅吉は、新吾や誰にも報せずに佐助を見守る事にした。

行燈の明かりは、油がなくなってきたのか小刻みに震えた。

三日が過ぎた。

半兵衛は、柳橋の弥平次の手を借りて佐助を探し続けた。だが、佐助を見つける事は出来なかった。

半次と雲海坊は、御家人の矢部真之丞を見張り続けた。

矢部真之丞は、酒を飲み、博奕を打ち、女郎屋で遊んだ。そして、その合間に大店や弱味を持つ者を訪れて金を強請り取っていた。

これ以上、放ってはおけない……。

半次と雲海坊は、矢部を捕らえようと半兵衛に提案した。だが、矢部真之丞は直参の御家人であり、町奉行所の支配下にはない。半兵衛には手出しの出来ない存在なのだ。

「でしたら旦那、お目付に報せては如何ですかい……」

半次は眉をひそめた。

目付は若年寄の配下であり、旗本・御家人の監察を役目としていた。

「半次、そいつは最後の手立てだ。もう少し様子をみよう」

半兵衛は告げた。

冬の養生所は仕事が多くなる。

養生所見廻り同心は、薪炭や夜具などを手配りし、冬を乗り越えられずに息を引き取った患者の始末に忙しかった。

新吾は、そうした仕事の合間に半兵衛たちと佐助の行方を追った。だが、佐助の行方は分からなかった。

浅吉とは飲み屋『布袋屋』で酒を飲み、佐助の件を話して以来逢ってはいなかった。

あの時、浅吉は佐助の一件をいろいろと聞いて来た。かなりの興味を持ったのだ。興味を持ったのなら、その後の様子も知りたくて訪れて来るはずだ。だが、浅吉は新吾の許に現れなかった。

どうしてだ……。

新吾に疑問が湧いた。

現れないのは、浅吉自身が佐助の一件に何かの関わりを持ったからかも知れない。

浅吉に訊くしかない……。

新吾は、浅吉と逢おうと思った。だが、浅吉の家を知らないのに気付いた。

浅吉は、いつも不意に現れ、いつの間にか消えていた。

新吾は、己の迂闊さを恥じた。


浅吉は、佐助を見守っていた。

佐助の腹の傷口は塞がり、身体もかなり回復していた。

浅吉は、佐助が何をしようとしているのか見定めようとした。

佐助は、静かに時を過ごし、体力の回復に努めている。

静かな時を過ごす佐助には、か細く燃え続ける残り火のような執念が秘められている……。

浅吉は、そう感じずにはいられなかった。

冷たい風が浅吉の眼を覚ました。

風は、座敷から板戸の隙間から吹き込んでいた。

佐助……。

浅吉は板戸を開けた。
座敷に佐助はいなく、縁側の障子と雨戸が僅かに開いていた。
浅吉は、雨戸の隙間から夜明けの外を見た。
植木屋『植宗』の庭の様々な植木の間を去って行く佐助が微かに見えた。
動いた……。
浅吉は追った。
夜明けの寒さは厳しかった。
植木屋『植宗』を出た佐助は、団子坂の通りに出て辺りを見廻した。
夜明けの空に根津権現の大屋根が見えた。
根津権現……。
佐助は根津権現に向かった。
傷の痛みも寒さも感じなかった。
佐助は、一歩一歩足元を確かめながら進んだ。
下谷練塀小路の組屋敷街は、役目に就いている者たちの出仕の時を迎えていた。

半次と雲海坊は、御家人屋敷の貸家を借りて、窓の外に見える矢部真之丞の組屋敷を見張っていた。

貧乏旗本や御家人の中には、扶持米の足りなさを内職で補う者が大勢いた。貸家を作って貸すのもその一つだった。

半次と雲海坊は、空いた貸家を見つけて矢部の組屋敷の見張り場所にしていた。

矢部の組屋敷はまだ眠り込んでいた。

昨夜、矢部は谷中の寺の賭場で遊び、夜明け前に帰って来た。

半次と雲海坊は、交代で見張りに就いた。

「半次の親分、雲海坊……」

新吾が訪れた。

「こりゃあ新吾さん、お早うございます」

「お袋が、握り飯と味噌汁を作ってくれましてね」

新吾は、母親の菊枝の作った握り飯と味噌汁の入った一升徳利を差し出した。

「こりゃありがてえ……」

雲海坊が、鍋に味噌汁を移して火鉢の五徳に乗せた。

「矢部、どうしています」

「相変わらず、金を脅し取っては酒と博奕と女郎遊びですよ」

半次は苛立ちを滲ませた。

「矢部が、他人の弱味を握って強請りたかりを働いているなら、殺された村井もきっと同じでしょうね」

「ええ……」

半次は頷いた。

「そして、村井は佐助に刺し殺された」

「佐助が村井を刺し殺したのは、夫婦約束をしたおゆきの身投げに関わりがあるんでしょうね」

「ええ。そして、そいつが村井だけではなく矢部も関わっているとしたら、佐助はきっとここに来るでしょう」

新吾は読んでみせた。

温められた味噌汁の香りが広がった。

四

不忍池には鳥の鳴き声が響いていた。

佐助は、池の畔の岩に腰掛けてひと息ついた。傷の治りきっていない身体は、僅かな距離を歩いただけで疲れた。

佐助は息を整えた。

「練塀小路に行くのかい」

佐助は驚いた。

浅吉が背後にいた。

佐助は凍てついた。

「矢部真之丞の屋敷に行くのだろう」

浅吉は微笑んだ。

「浅吉さん……」

「佐助さん、あっしは養生所見廻り同心の神代新吾さんとは知り合いでね」

佐助は思わず身構えた。

「だが、心配はいらねえ。新吾さんに報せるならとっくに報せているぜ」

佐助は、油断なく浅吉を見つめた。

「村井浩一郎に続いて矢部真之丞を殺るつもりかい……」

「ええ……」

佐助は、探るように頷いた。

「やっぱりな。村井と矢部、お前さんに何をしたんだい」

「夫婦約束をしたおゆきを手込めにして、他人に知られたくなければ金を出せと強請りを掛けてきたんです。それでおゆきは……」

「大川に身投げをしたのか……」

「はい。村井と矢部に生涯付きまとわれる。だから……」

佐助は悔し涙を零した。

「おゆきは、村井と矢部に殺されたのも同然なんです」

佐助は、涙で濡れた眼に憎しみを浮かべた。

「それで村井を殺め、矢部を狙うか……」

「ええ……」

「だが、お前さんも無事にはすまないぜ」

「もう、村井を殺したんです。矢部を殺さなくても死罪に変わりはありません。あっしは矢部と刺し違えるつもりです」

佐助の眼には、憎しみの炎が微かに燃え上がった。

残り火……。

浅吉は、佐助の残り火を消せないのを悟った。そして、佐助の願いを叶えてやりたくなった。

「分かった。だが、矢部の組屋敷は、北町の同心の旦那たちが見張っている。このまま行けばお縄になるだけだ」

「本当ですか……」

佐助は眉をひそめた。

「ああ……」

浅吉は頷いた。

風が吹き抜け、不忍池の水面に小波が走った。

新吾、半次、雲海坊は、矢部の組屋敷を交代で見張り続けた。

矢部はまだ眠っているのか、動きはなかった。

「新吾さん……」

見張っていた半次が新吾を呼んだ。

新吾は、半次のいる窓辺に進んだ。

「あいつ……」

半次は、眉をひそめて練塀小路をやって来る浅吉を示した。

「浅吉……」

浅吉が矢部の組屋敷に現れたのは、佐助に関わっているからなのだ。

新吾の勘が囁いた。

浅吉は、矢部の組屋敷の前に立ち止って中の様子を窺った。

新吾は、往来に佐助を探した。だが、佐助の姿は見えなかった。

浅吉は、矢部の組屋敷を窺った後、辺りを見廻して神田川に向かって行く。

「後を追ってみます」

新吾は貸家を走り出た。

「雲海坊、お供しな」

「承知……」

雲海坊は、饅頭笠と錫杖《しやくじよう》を持って新吾に続いた。

下谷練塀小路には物売りの売り声が長閑に響いていた。

浅吉は、神田川に向かって進んだ。

新吾は追った。そして、雲海坊が饅頭笠を被って続いた。

浅吉は、落ち着いた足取りで行く。

行き先に佐助がいるのかもしれない……。

新吾は慎重に尾行した。

神田川に出た浅吉は、岸辺に佇んで振り返った。

新吾に隠れる間はなかった。

「やあ、新吾さん……」

浅吉は、新吾に笑い掛けた。

新吾は苦笑するしかなかった。

浅吉は自分を誘い出した……。

それは、佐助と関わっている証だった。

「浅吉、佐助は何処にいる」

「新吾さん、佐助がどうして村井浩一郎を刺し殺したか分かっているのかい」

浅吉は眉をひそめた。

「夫婦約束をしたおゆきを身投げに追い込んだからか……」

「ああ。矢部真之丞と一緒におゆきを手込めにし、言い触らされたくなければ金を出せだ」

「おゆき、それで大川に身投げしたのか……」

新吾は、佐助が村井浩一郎を刺し殺し、矢部真之丞を狙う理由を知った。

「ああ。小間物問屋に奉公する娘から幾ら脅し取ろうってんだ。下手をすれば女郎屋に売り飛ばされるのがおちだぜ」

浅吉は、いつもとは違って怒りを露わにした。

新吾は微かに戸惑った。

「それで今、佐助は何処にいるんだ」

「新吾さん、佐助は矢部と刺し違えて死ぬ覚悟だ。その為に養生所に行って斬られた傷を治そうとしたんだ。見逃してやってくれ。この通りだ」

浅吉は新吾に頭を下げた。

新吾は気が付いた。

今、佐助は矢部真之丞の命を狙っているのだ。

「浅吉……」

「新吾さん、頼む」

新吾は身を翻した。

浅吉は追い掛けようとした。だが、雲海坊が立ちはだかった。

「雲海坊さん……」

「浅吉、ここまでにしておきな」

雲海坊は厳しく告げた。

浅吉は立ち尽くした。


矢部の組屋敷は静かなままだった。

半次は、斜向かいの貸家から見張り続けた。

菅笠を被った百姓が、大根を入れた竹籠を背負ってやって来た。

大根売りだ……。

半次はそう判断した。

大根売りの百姓は、矢部の組屋敷に近づいて木戸門を押した。木戸門は開いた。

「大根はいりませんかい……」

百姓は、組屋敷内に声を掛けながら木戸の内に入った。

大根なんぞ買うはずがない……。

半次はそう思った。次の瞬間、大根売りの百姓が黄楊櫛職人の佐助だと気付いた。

「しまった……」

半次は、貸家を飛び出して矢部の組屋敷に走った。


矢部の組屋敷の中は薄暗かった。

佐助は、大根の入った竹籠を背中から降ろし、真新しい匕首を取り出した。大根と竹籠、そして菅笠と匕首は浅吉が用意してくれた物だった。

佐助は、匕首を握り締めて屋敷の中を窺った。奥から男の鼾が聞こえた。

矢部真之丞だ……。

佐助は、足を忍ばせて鼾の聞こえてくる座敷に向かった。

木戸の軋む音がした。

誰か来た……。

佐助は、鼾の聞こえる座敷の襖を開けて踏み込んだ。

「誰だ……」

矢部は跳ね起き、佐助に背を向けて刀を探した。

佐助は、匕首を構えて矢部の背中に体当たりした。匕首が矢部の背中に突き刺さった。

矢部は、息を引き攣らせて仰け反った。

佐助は、懸命に匕首を押し込んで抉った。

腹の傷が激しく痛んだ。

「お、おのれ……」

矢部は、苦しげに呻いて振り向いて刀を横薙ぎに閃かせた。佐助の腹から血が飛んだ。

おゆき……。

佐助は、傷の上を尚も斬られてゆっくりとその場に座りこんだ。

「下郎……」

矢部は醜く顔を歪めて仰向けに倒れ、喉を甲高く鳴らして絶命した。

半次が飛び込んで来た。

座敷は血にまみれ、矢部が仰向けに倒れて佐助が座り込んでいた。

「佐助……」

半次は、佐助に駆け寄った。

「おゆき……」

佐助は、微笑みながら呟いて息絶え、前のめりに崩れた。

佐助は、矢部真之丞と刺し違えて死んだ。

「半次の親分……」

新吾の声がした。

「こっちです」

半次は叫んだ。

新吾が駆け込んで来た。

「佐助……」

新吾は息を飲んだ。

「佐助と矢部真之丞、二人とも死にましたよ」

「ええ……」

新吾は、前のめりになって絶命している佐助を寝かせた。

「百姓に化けて来ましてね。あっしの手落ちです」

半次は、悔しげに項垂れた。

「いいえ。半次の親分、これで良かったのかもしれません」

半次は微かに頷いた。

新吾は、血に汚れた佐助の死に顔を見つめた。

佐助は、おゆきの恨みを晴らし、満足気な微笑みを浮かべていた。

御家人・矢部真之丞は、村井浩一郎に続いて黄楊櫛職人の佐助に刺し殺された。

そして、佐助も矢部に斬られて死んだ。

白縫半兵衛は、浅吉を大番屋に呼んだ。そして、佐助がどうして村井と矢部を殺したのか問い質した。

浅吉は、佐助に聞いた事を何もかも話した。

「今の話に間違いはないね」

半兵衛は念を押した。

「はい」

浅吉は頷いた。

「そうか。良く分かった。ご苦労だったね」

半兵衛は浅吉を労った。

浅吉は戸惑った。

お尋ね者の佐助を匿い、恨みを晴らすのを手伝った。お縄になり、牢に入れられても仕方のない咎だ。

同心の半兵衛に労われる筋合いではない……。

浅吉はそう思った。だが、半兵衛は、浅吉をお縄にせず、何のお咎めもなく放免した。

「半兵衛の旦那……」

「浅吉、お前が佐助を助けなかったら、新吾が助けていたかもしれない」

「新吾さんが……」

「うん……今回の件は御家人の村井浩一郎と矢部真之丞が他人の弱味を摑んでは強請りを働き、恨みを買って黄楊櫛職人の佐助に刺し殺された。それだけの事だよ」

半兵衛は苦笑した。

主を失った御家人・矢部家は、村井家に続いて扶持米を没収されて取り潰しになった。

夕暮れ時、新吾は養生所の仕事を終えて門を出た。

門の外で浅吉が待っていた。

「やあ……」

新吾は苦笑した。

「佐助の事はすまなかった」

浅吉は詫びた。

「いや。浅吉が佐助を助けていなければ、俺が助けていたはずだ。礼を云うよ」

「ふうん、やっぱりな」

浅吉は苦笑した。

「やっぱりだと……」

新吾は戸惑った。

「ああ。半兵衛の旦那が、お前が助けなければ新吾が助けただろうってな」

「半兵衛さんが……」

「うん……」

浅吉は頷いた。

「佐助、穏やかな死に顔だったぜ」

「そうか、残り火も消えたか……」

浅吉は、佐助の中でか細く燃え続けていた残り火が消え去ったのを知った。

「残り火か……」

「ああ……」

佐助は、残り火を燃やし尽くして滅んでいった。

「どうだ。伝六の父っつぁんの処で一杯やるか」

浅吉は誘った。

「そいつはいいが……浅吉、お前の家は何処だ」

新吾は眉をひそめた。

「俺の家……」

浅吉は、不意の質問に微かにうろたえた。

「うん。何処だ」

「さあな。ま、いいじゃあねえか、そんな事は……」

浅吉は、誤魔化しながら歩き出した。

「そうはいかん」

新吾は追った。

夕暮れ時の風は冷たくなり、江戸の町には年の瀬の賑わいが近づいていた。

文春文庫

養生所《ようじようしよ》見廻《みまわ》り同心《どうしん》 神代新吾《かみしろしんご》事件覚《じけんおぼえ》

定価はカバーに表示してあります

心《こころ》残《のこ》り

2011年3月10日　第1刷

著者　藤《ふじ》井《い》邦《くに》夫《お》

発行者　村上和宏

発行所　株式会社 文藝春秋

東京都千代田区紀尾井町 3-23　〒102-8008
TEL　03・3265・1211
文藝春秋ホームページ　http://www.bunshun.co.jp

落丁、乱丁本は、お手数ですが小社製作部宛お送り下さい。送料小社負担でお取替致します。

印刷・大日本印刷　製本・加藤製本

Printed in Japan
ISBN978-4-16-780503-6

（　）内は解説者。品切の節はご容赦下さい。

新田次郎
武田三代
戦国時代、天下にその名を轟かせた甲斐の武田家。信虎、信玄、勝頼という三代にまつわる様々なエピソードから、埋もれた事実が明らかになる、哀愁に満ちた時代小説短篇集。（島内景二）
に-1-35

半村　良
暗殺春秋
研ぎ師・勝蔵は剣の師匠・奥山孫右衛門に見込まれて暗殺者の裏稼業を持つようになる。愛用の匕首で次々に悪党を殺すうち次第に幕府の暗闘に巻き込まれ……痛快時代小説。（井家上隆幸）
は-2-15

林　真理子
本朝金瓶梅《ほんちょうきんぺいばい》
江戸の札差、西門屋慶左衛門は金持ちの上に女好き。ようじ屋の看板おきんを見初め、妻妾同居を始めるが……。悪女おきん登場！　エロティックで痛快な著者初の時代小説。（島内景二）
は-3-32

蜂谷　涼
螢火
染み抜き屋のつるの元に、今日も訳ありの染みが舞い込む。明治から大正に移り変わる北の街で、消せない過去を抱えた人々が織りなす人間模様。心に染みる連作短篇全五篇。（宇江佐真理）
は-35-1

葉室　麟
銀漢の賦
江戸中期、西国の小藩で同じ道場に通った少年二人。不名誉な死を遂げた父を持つ藩士・源五の友は、いまや名家老に出世していた。彼の窮地を救うために源五は……。（島内景二）
は-36-1

平岩弓枝
水鳥の関（上下）
新居宿の本陣の娘お美也は亡夫の弟と恋に落ち、やがて妊《みご》るが、愛する男は江戸へ旅立ち、思い余ったお美也は関所破りを試みる。波瀾に満ちた「女の一生」を描く時代長篇。（藤田昌司）
ひ-1-69

平岩弓枝
妖怪
水野忠邦の懐刀として天保の改革に尽力しつつも、改革の頓挫により失脚した鳥居忠耀。〝妖怪〟という異名まで奉られた悪役の実像とは？　官僚という立場を貫いた男の悲劇。（櫻井孝頴）
ひ-1-75

平岩弓枝
御宿かわせみ
「初春の客」「花冷え」「卯の花匂う」「秋の蛍」「倉の中」「師走の客」「江戸は雪」「玉屋の紅」の全八篇を収録。江戸大川端の小さな旅籠「かわせみ」を舞台とした人情捕物帳シリーズ第一弾。
ひ-1-81

広瀬仁紀
新選組風雲録 函館篇
江戸から京へ流れてきた盗人の忠助は、ひょんなことから新選組副長の土方歳三直属の密偵となる。池田屋事件、蛤御門の変から函館まで歳三とともにあった。もう一つの新選組異聞!!
ひ-4-8

火坂雅志
黒衣の宰相
徳川家康の参謀として豊臣家滅亡のため、遮二無二暗躍し、大坂冬の陣の発端となった、方広寺鐘銘事件を引き起した天下の悪僧、南禅寺の怪僧・金地院崇伝の生涯を描く。（島内景二）
ひ-15-1

火坂雅志
黄金の華
徳川幕府は旗下の武将たちの働きだけで成ったわけではない。江戸を中心とした新しい経済圏を確立できたこともまた大きい。その中心人物・後藤庄三郎の活躍を描いた異色歴史小説。
ひ-15-2

火坂雅志
壮心の夢
秀吉の周りには彼の出世とともに、野心を持った多くの異才たちが群れ集まってきた。戦国乱世を駆け抜けた男たちの姿をあますところなく描き尽くした珠玉の歴史短篇集。（縄田一男）
ひ-15-4

火坂雅志
新選組魔道剣
近藤勇、土方歳三、藤堂平助たち、京の街で恐れられる新選組の猛者連も、古より跋扈する怪しの物には大苦戦。従来とは全くちがう新選組像を活写する短篇集。（長谷部史親）
ひ-15-5

藤沢周平
花のあと
娘盛りを剣の道に生きたお以登にも、ひそかに想う相手がいた。手合せしてあえなく打ち負かされた孫四郎という部屋住みの剣士である。表題作のほか時代小説の佳品を精選。（桶谷秀昭）
ふ-1-23

（　）内は解説者。品切の節はご容赦下さい。

藤沢周平
蟬しぐれ

清流と木立にかこまれた城下組屋敷。淡い恋、友情、そして忍苦。苛烈な運命に翻弄されながら成長してゆく少年藩士の姿をゆたかな光の中に描いて、愛惜をさそう傑作長篇。（秋山　駿）

ふ-1-25

藤沢周平
隠し剣孤影抄

剣客小説に新境地を開いた名品集〝隠し剣〟シリーズ。剣鬼と化し破牢した夫のため捨て身の行動に出る人妻、これに翻弄される男を描く「隠し剣鬼ノ爪」など八篇を収める。（阿部達二）

ふ-1-38

藤沢周平
無用の隠密
未刊行初期短篇

命令権者に忘れられた男の悲哀を描く表題作ほか、歴史短篇「上意討」、悪女もの「佐賀屋喜七」など、作家デビュー前に雑誌掲載された十五篇を収録。文庫版には「浮世絵師」を追加。（阿部達二）

ふ-1-44

古川　薫
吉田松陰の恋

野山獄に幽閉されていた松陰にほのかな恋情を寄せる女囚・高須久子。二人の交情を通して迫る新しい松陰像を描く表題作ほか、情感に満ちた維新の青春像を描く短篇全五篇。（佐木隆三）

ふ-3-3

古川　薫
漂泊者のアリア

〝歌に生き恋に生き〟、世界的に名を馳せたオペラ歌手藤原義江。英国人の貿易商を父に、下関の琵琶芸者を母に持った義江の波瀾万丈の人生をみごとに描いた直木賞受賞作。（田辺聖子）

ふ-3-9

古川　薫
山河ありき
明治の武人宰相 桂太郎の人生

軍人としては陸軍大将、政治家としては実に三度も首相の座についた桂太郎。激動の明治時代を生き、新生日本のためにさまざまな布石を打った桂の知られざる豪胆さを描く。（清原康正）

ふ-3-15

古川　薫
花も嵐も
女優・田中絹代の生涯

「愛染かつら」「西鶴一代女」「雨月物語」ほか日本映画の名作に数多く出演した大女優・田中絹代。独身をつらぬき「映画と結婚した」絹代の激動の人生を、昭和史を合わせ鏡に描いた労作。

ふ-3-16

（　）内は解説者。品切の節はご容赦下さい。

星川清司
小伝抄
おとこ狂いの浄瑠璃語りにかなわぬ想いをよせる醜い船頭の哀切な物語。江戸情緒ゆたかな驚異の語り口で直木賞を受賞した表題作と、世話物の佳品「憂世まんだら」を収める話題作！
ほ-6-1

松本清張
西海道談綺　（全四冊）
密通を怒って上司を斬り、妻を廃坑に突き落として出奔した男の数奇な運命。直参に変身した恵之助は隠し金山探索の密命を帯びて日田へ。多彩な人物が織りなす伝奇長篇。（三浦朱門）
ま-1-76

松本清張
無宿人別帳
罪を犯し、人別帳から除外された無宿者。自由を渇望する男達の逃亡と復讐を鮮やかに描いた連作時代短篇。「町の島帰り」「海嘯《つなみ》」「おのれの顔」「逃亡」「左の腕」他、全十篇収録。（中島　誠）
ま-1-83

松本清張
鬼火の町
朝霧の大川に浮かぶ無人の釣舟。漂着した二人の男の水死体。川底の女物煙管は謎を解く鍵か。反骨の岡っ引藤兵衛、颯爽の旗本、悪同心、大奥の女たちを配して描く時代推理。（寺田　博）
ま-1-91

松本清張
かげろう絵図　（上下）
徳川家斉の寵愛を受けるお美代の方と背後の黒幕、石翁。腐敗する大奥・奸臣に立ち向かう脇坂淡路守。密偵、誘拐、殺人……。両者の罠のかけ合いを推理手法で描く時代長篇。（島内景二）
ま-1-92

宮尾登美子
宮尾本　平家物語　一　青龍之巻
清盛少年は、出生の秘密が暗い影を落とすなか、自らの運命を受け止め、乱世を生き抜く決意をする――清盛を中心に平家一族の視点から物語を捉えた、著者畢生の壮大なる歴史絵巻。
み-2-9

宮城谷昌光
王家の風日
王朝存続に死力を尽す哲理の人箕子、倒さんと秘術をこらす権謀の人太公望。紂王、妲己など史上名高い人物の実像に迫り、古代中国商王朝の落日を雄渾に描く一大叙事詩。（遠丸　立）
み-19-3

（　）内は解説者。品切の節はご容赦下さい。

宮城谷昌光
長城のかげ
項羽と劉邦。このふたりの英傑の友、臣、そして敵。かれらの眼に映ずる覇王のすがたを詩情あふれる文章でえがく見事な連作集。この作家円熟期の果実としてまさに記念碑というべき作。
み-19-8

宮城谷昌光
太公望（全三冊）
遊牧の民の子として生まれながら、苦難の末に商王朝をほろぼした男・太公望。古代中国史の中で最も謎と伝説に彩られた人物の波瀾の生涯を、雄渾な筆で描きつくした感動の歴史叙事詩。
み-19-9

宮城谷昌光
華栄の丘
争いを好まず、詐術とは無縁のまま乱世を生き抜いた小国の宰相、華元。大国同士の同盟を実現に導いた男の奇蹟の生涯をさわやかに描く中国古代王朝譚。（和田　宏）
み-19-13

宮城谷昌光
沙中の回廊（上下）
中国・春秋時代の晋。没落寸前の家に生まれた士会は武術と知力で名君・重耳に見いだされ、乱世で名を挙げていく。宰相にのぼりつめた天才兵法家の生涯を描いた長篇傑作歴史小説。
み-19-14

宮城谷昌光
管仲（上下）
春秋時代の思想家・為政者として卓越し、理想の宰相と讃えられた管仲と、「管鮑の交わり」として名高い鮑叔の、互いに異なる性格と、ともに手をとり中原を駆けた生涯を描く。（湯川　豊）
み-19-16

宮城谷昌光
春秋名臣列伝
斉を強国に育てた管仲、初の成文法を創った鄭の子産、呉王を覇者にした伍子胥――。無数の国が勃興する時代、国勢の変化と王室の動乱に揉まれつつ、国をたすけた名臣二十人の生涯。
み-19-18

宮城谷昌光
三国志　第一巻
後漢王朝では、宮中は権力争いで腐敗し、国内は地震や飢饉、異民族の侵入で荒廃していた。国家の再建を目指した八代目皇帝の右腕だった一人の宦官、彼こそ後の曹操の祖父である。
み-19-20

（　）内は解説者。品切の節はご容赦下さい。

悪の狩人
森村誠一
非道人別帳［一］
養父殺しの罪で晒された美貌の娘が闇にまぎれて殺害された。江戸市中に起こる様々な怪事件の奥に見え隠れする巨悪とは？　同心・祖式弦一郎が悪の連鎖に挑む、シリーズ第一作。
も-1-12

毒の鎖
森村誠一
非道人別帳［二］
乳母奉公に上がった女房が年季明けに殺された。下手人探索に当たった弦一郎と半兵衛達は、以前江戸に跳梁し、同心らを嘲笑うかのように権力の陰に消えた辻斬りと再び対決する。
も-1-13

氷葬
諸田玲子
夫の知己ということで泊めた男に凌辱され、激情にかられて男を殺してしまった下級藩士の妻。死体を沈めた沼は氷に閉ざされたが、それは長い悪夢の始まりにすぎなかった。（東　直子）
も-18-1

あくじゃれ
諸田玲子
瓢六捕物帖
知恵と機転を買われて牢から解き放たれた粋な悪党・瓢六と、不承不承お目付役を務める堅物同心・篠崎弥左衛門の凸凹コンビが、難事件解決に活躍する痛快時代劇。（鴨下信一）
も-18-2

犬吉
諸田玲子
「生類憐れみの令」から十年。野良犬を収容する「御囲《おかこい》」を幕府が作った。そこで働く娘・犬吉は一人の侍と出会う。赤穂浪士討入りの興奮冷めやらぬ一夜の事件と恋を描く。（黒鉄ヒロシ）
も-18-3

奸婦にあらず
諸田玲子
井伊直弼の密偵、村山たかの数奇な一生を描いた新田次郎賞受賞作。忍びの者として育ったたかは、内情を探るため接近した井伊直弼と激しい恋に落ちるが……。（高橋千劔破）
も-18-6

長安牡丹花異聞
森福　都
唐の都長安。夜に輝く不思議な牡丹を生みだした少年黄良が、狡猾な宦官を相手に知略を巡らせた狂騒の果ては？　松本清張賞受賞の表題作ほか全六篇。中国奇想小説集。（藤田香織）
も-19-1

（　）内は解説者。品切の節はご容赦下さい。

森福　都
漆黒泉
十一世紀、太平を謳歌する宋の都で育ったお転婆娘、晏芳娥《あんほうが》は、婚約者の遺志を継ぎ、時の権力者、司馬光を追う。読み出したらとまらない中国ロマン・ミステリーの傑作。（関口苑生）
も-19-2

山本一力
損料屋喜八郎始末控え
上司の不始末の責めを負って同心の職を辞し、刀を捨てた喜八郎。知恵と度胸で巨利を貪る札差たちと丁丁発止と渡り合う。時代小説シーンに新風を吹き込んだデビュー作。（北上次郎）
や-29-1

山本一力
あかね空
京から江戸に下った豆腐職人の永吉。己の技量一筋に生きる永吉を支える妻と、彼らを引き継いだ三人の子の有為転変を、親子二代にわたって描いた直木賞受賞の傑作時代小説。（縄田一男）
や-29-2

山本一力
草笛の音次郎
今戸の貸元の名代として成田、佐原へ旅する音次郎。待ち受ける試練と、器量ある大人たちが、世の中に疎い未熟者を一人前の男に磨き上げる。爽やかな股旅ものの新境地。（関口苑生）
や-29-4

山本音也
ひとは化けもん　われも化けもん
江戸を代表する作家、井原西鶴。しかし彼が実際に書いたのは「好色一代男」しかない!?　真の作者は誰か。西鶴の抱え持つ数々の謎を解く歴史ミステリー小説。第九回松本清張賞受賞作。
や-34-1

山本兼一
火天《かてん》の城
天に聳える五重の天主を建てよ！　信長の夢は天下一の棟梁父子に託された。安土城築城の裏に秘められた想像を絶する創意工夫。松本清張賞受賞作。（秋山　駿）
や-38-1

山本兼一
いっしん虎徹
その刀を数多の大名、武士が競って所望し、現在もその名をとどろかせる不世出の刀鍛冶・長曽祢虎徹。三十を過ぎて刀鍛冶を志して江戸へと向かい、己の道を貫いた男の炎の生涯。（末國善己）
や-38-2

（　）内は解説者。品切の節はご容赦下さい。

夢枕　獏
陰陽師《おんみょうじ》
死霊、生霊、鬼などが人々の身近で跋扈した平安時代。陰陽師安倍晴明は従四位下ながら天皇の信任は厚い。親友の源博雅と組み、幻術を駆使して挑むこの世ならぬ難事件の数々。

ゆ-2-1

夢枕　獏
村上　豊　絵
陰陽師《おんみょうじ》　首
美しい姫・青音は、求婚した二人の貴族に、近くの首塚へ行き、石を持って帰ってきたものと寄り添うと言い渡すが……。村上豊の手で蘇る「陰陽師」シリーズ、好評の絵物語第二弾。

ゆ-2-19

夢枕　獏
陰陽師《おんみょうじ》　夜光杯《やこうはい》ノ巻
博雅の名笛「葉二」が消えた。かわりに落ちていたのは、黄金の粒。はたして「葉二」はどこへ？　晴明と博雅が平安の都の怪事件を解決する〝陰陽師〟。「月琴姫」ほか九篇を収録。

ゆ-2-20

吉村　昭
朱の丸御用船
江戸末期、難破した御用船から米を奪った漁村の人々。船に隠されていた意外な事実が、村をかつてない悲劇へと導いてゆく。追い詰められた人々の心理に迫った長篇歴史小説。　（勝又　浩）
よ-1-35

吉村　昭
三陸海岸大津波
明治二十九年、昭和八年、昭和三十五年。三陸沿岸は三たび大津波に襲われ、人々に悲劇をもたらした。前兆、被害、救援の様子を、体験者の貴重な証言をもとに再現した震撼の書。（髙山文彦）
よ-1-40

吉村　昭
海の祭礼
ペリー来航の五年も前に、鎖国中の日本に憧れて単身ボートで上陸したアメリカ人と、通詞・森山の交流を通して、日本が開国に至る意外な史実を描いた長篇歴史小説。　（曾根博義）
よ-1-42

山本一力・児玉　清・縄田一男
人生を変えた時代小説傑作選
自他ともに認める時代小説好きの三人が、そのきっかけとなったよりすぐりの傑作を厳選。あなたも時代小説の虜になる！　菊池寛、藤沢周平、五味康祐、山田風太郎らの短篇全六篇。

編-20-1